Wilhelm Hase, F. von Quast

Die Gräber in der Schlosskirche zu Quedlinburg

Antigonos

Wilhelm Hase, F. von Quast

Die Gräber in der Schlosskirche zu Quedlinburg

Unveränderter Nachdruck der Originalausgabe von 1877.

1. Auflage 2024 | ISBN: 978-3-38644-624-2

Antigonos Verlag ist ein Imprint der Outlook Verlagsgesellschaft mbH.

Verlag: Outlook Verlag GmbH, Zeilweg 44, 60439 Frankfurt, Deutschland   info@outlook-verlag.de
Vertretungsberechtigt: E. Roepke, Zeilweg 44, 60439 Frankfurt, Deutschland
Druck: Libri Plureos GmbH, Friedensallee 273, 22763 Hamburg, Deutschland

Die Gräber

in der

Schloßkirche zu Quedlinburg

von

K. Wilhelm Hase und F. v. Quast.

Mit 10 Bl. Abbildungen.

Quedlinburg 1877,

Verlag des Harzvereins für Geschichte und Alterthumskunde
Ortsvereins Quedlinburg.

In Commission bei H. C. Huch.

Ueber das Kaifer-Heinrichs-Grab.

Vom Baurath Hafe.

Mit 4 Blt. Zeichnungen.[1]

Der Vortrag soll im Wesentlichen nachweisen, daß das in der Krypta im Jahre 1869 aufgefundene sogenannte Grab Kaiser Heinrichs I. nicht, wie irrthümlich bislang von vielen Seiten angenommen ist, kurz nach dem Tode Heinrichs I. (936), sondern erst in späterer Zeit angelegt worden ist, zugleich aber soll der Zweck dieses seltsamen Architekturstückes dargelegt werden. Der Beweis wird durch Vergleichung der Formen des vorliegenden Architekturstückes mit bekannten Formen des 9. und 10. Jahrhunderts und solchen der späteren entschieden romanischen Periode dortiger Gegend zu führen sein. Anlangend die Formen des 9. und 10. Jahrhunderts halte ich mich an die inmitten der kaiserlichen Pfalz erbaute Wipertikirche. Wenngleich dieser Kirche von einigen Seiten ein noch höheres Alter beigelegt wurde, so hat doch Kugler schon (kleine Schriften) seine Bedenken dagegen ausgesprochen, und ich glaube sie mit Bestimmtheit der Zeit Kaiser Heinrichs I. zuschreiben zu müssen. Die Darlegung dieser Thatsache erfordert eine eingehende Betrachtung der Kirche, in welcher das Kaisergrab ist. Die in Kugler's kleinen Schriften befindlichen bekannten Daten über die Befestigung des Schloßberges, die Erbauung der Kirche auf dem Schloßberge und Gründung des Klosters daselbst, Erweiterung der kirchlichen Anlage und ferneren Schicksale und abermalige Erweiterungen 2c. der Kirche werden als bekannt vorausgesetzt und die muthmaßliche Aufeinanderfolge der Bauten durch Grundrißzeichnungen gebe ich auf Bl. 1. Ich mache darauf aufmerksam, daß in der jetzigen Krypta der Schloßkirche, welche aus Kaiser Heinrichs erstgebauter Kirche unstreitig hervorgegangen ist, sich am westlichen Ende im Zusammenhange mit verschiedenen Bautheilen, welche ein weit höheres Alter als die Formen des HauptInnenbaues verrathen, eine Säule findet, die genau in ihren Formen mit den im Schiffe der Wipertikirche angewandten Säulen übereinstimmt, nur daß sie größer ist. — Diese Säule kann also aus der Wipertikirche (die offenbar in späterer Zeit wesentlich an ihrer Länge gekürzt ist), bei einer theilweisen Abtragung derselben nicht hieher übertragen sein, vielmehr liegt die Vermuthung nahe, daß, da sie in Höhe und Größe ganz der Schloßbergkryptenkirche entspricht, sie eine Säule der ursprünglichen Heinrichskirche ist. Wenn dies der Fall ist, und ich zweifle nicht daran, so haben sich die Architekturformen seit Erbauung der Wiperti- und der Heinrichskirche gar nicht geändert, woraus weiter zu folgern sein dürfte, daß die Wipertikirche um Kaiser Heinrichs Zeit und nicht viel früher erbaut ist, und anderseits die Heinrichskirche nach dem Vorbilde der Wipertikirche, nur in größeren Dimensionen, wird erbaut sein. (Die Wipertikirche ist etwa 6ᵐ, die aus Heinrichskirche entstandene Krypta auf dem Schloßberge ist 9ᵐ weit.) Hierfür dürfte sich ein anderer Umstand als Beleg anführen, der sich aus dem 1869 aufgefundenen sogenannten HeinrichsGrabe ergibt.

Der apsidenartige Schluß desselben an der Ostseite, welcher mit der jetzigen Apsidenform der Kirche arg kontrastirt, (siehe Bl. 1 den Grundriß mit der Jahreszahl 1070), hat sich offenbar der architektonischen Bildung der Kirche angeschlossen, und es löst sich die Frage, warum die Form gerade so gewählt, und an welcher Stelle der alten Kirche sie entstand, sofort, wenn man die Form der Wipertikirche auf die Heinrichskirche überträgt; (vergl. Grundriß v. Jahr 997—1021.) es fügte sich dies Architekturstück also in den östlichen Schluß des Mittelschiffes ein, welches, wie bei der Wipertikirche, durch die umschwingenden Seitenschiffe umgeben war.

Es dürfte sich gegen diese Darstellung schwerlich ein gegründeter Widerspruch erheben lassen. Die auf anliegendem Blatte dargestellten, in richtigem Maßstabe gezeichneten an- und übereinander gelegten Grundrisse dürften für die Richtigkeit der Annahmen und Darlegungen sprechen.

Wir müssen hiernach annehmen, daß die Architektur der Heinrichskirche derjenigen der Wipertikirche glich. Vergleichen wir aber die Formen der Kapitäle, Bögen, Basen 2c. des sog. Heinrichsgrabes, deren eine Anzahl auf den angeführten Tafeln abgebildet ist, mit den in der Wipertikirche angewandten Formen, so sieht man auf den

---

1) Dieser von dem Herrn Verf. dem Vereine zur Veröffentlichung giltigst mitgetheilte und für diesen Zweck besonders eingerichtete Vortrag wurde in der Versammlung des Architekten- und Ingenieur-Vereins zu Hannover am 6. Novbr. 1872 gehalten und dürfte sich, obwohl er bereits im XIX. Bande der Zeitschrift des genannten Vereins 1873 Heft 1 gedruckt erschien, im Anschluß an den folgenden von Quast'schen Aufsatz zu einer Wiederholung wohl empfehlen. E. J.

erften Blick, daß ein langer Zeitraum zwifchen beiden liegt, ja daß eine merkwürdige geiftige Veränderung in der Formen-Behandlung eingetreten ift. Während in der Wipertikirche ein mühfames Ringen nach, aus der römifchen Antike abgeleiteten, einfach und fchwerfällig dargeftellten Formen fich zu erkennen gibt, zeigt fich in den Details des fog. Heinrichs-Grabes ein keckes, übermüthiges, byzantinifirendes Formenfpiel, welches der ausgebildeten romanifchen Ausdrucksweife weit näher liegt, als der karolingifchen Formenbildung.

Es dürfte hiernach die Frage aufgeworfen werden: „Zu welchem Zwecke diente dies kryptenartige Architekturftück?"

Als 1869 bei einer inneren Reftauration daffelbe aufgedeckt wurde, verbreitete fich fchnell die Kunde, daß das wirkliche Grab Kaifer Heinrichs aufgefunden fei, und den fremden Befuchern der Kirche wird es als folches noch bis zum heutigen Tage vom Küfter der Kirche gezeigt. Dicht vor demfelben in weftlicher Richtung liegen zwei Grabfteine, welche früher als das Grab Kaifer Heinrichs und feiner Gemalin Mathilde bezeichnet wurden. Kugler hat in feinen kl. Schriften auf ein Aktenftück hingewiefen, welches bezeugt, daß im Jahre 1756 im Beifein hoher Perfonen die genannten Gräber geöffnet find, daß man unter dem Steine, welcher die Ruheftätte Heinrichs bezeichnet, nichts als ein Brettftück, daneben indeß in füdlicher Richtung, zwei Fuß unter dem Boden der Kirche, einen fteinernen Sarkophag mit verfchobenem und theilweife zertrümmertem Deckftein fand, der laut nicht zu bezweifelnder Infchrift die Gebeine der Kaiferin enthielt. Letzterer Sarkophag fteht am öftlichen Ende noch um Etwas unter dem Kirchenpfeiler. Man fand in demfelben zweierlei Gattungen von Beinknochen und einige ganz dünne und fchwarze Rippen. Es wird in diefer Urkunde die Meinung ausgefprochen, daß bei einer früheren Aufgrabung die zwifchen vermoderten Reften des hölzernen Sarges noch vorgefundenen Beinknochen des Kaifers mit in den fteinernen Sarg feiner Gemalin gelegt worden. Die hier befchriebenen Umftände, unter welchen der Sarg Mathildens mit ihren und des Kaifers Gebeinen gefunden ift, geben ein deutliches Bild von den Vorgängen, welche die Eigenthümlichkeiten der Lage veranlaßt haben. — Kaifer Heinrich war ohne Zweifel urfprünglich mitten vor dem Altare feiner Kirche beerdigt worden. Welcher Grund könnte auch vorliegen, daß man den Kaifer in feiner Kirche nicht mitten vor dem Altare beerdigte. Hätte man befondere Gründe gehabt, ihn feitlich zu beerdigen, fo würden ohne Zweifel die Chroniften diefe bemerkt haben, was aber nicht der Fall ift; demnach lag feine Gemalin zwifchen ihm und der benachbarten füdlichen Säulenftellung. Beide Gräber blieben fo ungeftört bis zum Jahre 1070, wo ein großer Brand die große und die kleine Kirche zerftörte. Bei dem Wiederaufbau der kleinen, dann zur völligen Krypta der großen werdenden Kirche, wurde durch die Fundamentirung der neuen Säulen der Sarg der Mathilde bloßgeftellt. Es liegt nahe, daß man bei diefer Gelegenheit auch nach den Gebeinen Heinrichs forfchte, fie in dem in obiger Urkunde befchriebenen Zuftande fand, zu denen feiner Gemalin legte, und nunmehr den Sarg mit diefen Reliquien als geiftiges Schutzmittel dem Fundamente der neuen Krypta einverleibte und fomit das öftliche Ende des Sarkophages in das Fundament der Säule fteckte.

Aus Pietät aber rückte man den Denkftein, welcher über der Stätte Heinrichs ruhte, als dazu gehörend, im Fußboden der Kirche an die Nordfeite des fteinernen Sarkophages.

Zwifchen 1070 und 1756 wird nun fchon einmal die Neugierde, die Gebeine des Kaifers und der Kaiferin zu fehen, oder gar Habfucht dahin geführt haben, Nachgrabungen anzuftellen. Man fand Nichts als den fteinernen, am unteren Ende vermauerten Sarkophag. Durch die angewandte Kraft, den Deckel an dem zugänglichen oberen Ende zu lichten, war es eine natürliche Folge der mechanifchen Wirkung, daß der Deckel, fei es am oberen oder unteren Ende, zerbrach, wobei derfelbe auch gleichzeitig verfchoben fein wird. Man hat bei diefer Gelegenheit, da man vermuthlich nichts Abfonderliches in demfelben fand, es nicht der Mühe werth gehalten, den Deckel wieder in gehöriger Ordnung aufzulegen, wie man folches 1756 fand.

Nach den angeführten Darlegungen glaube ich der Anficht Kugler's, daß der kleine Stein die urfprüngliche Stätte Heinrich's, der Steinfarg die urfprüngliche Stätte Mathildens fei, nicht beitreten zu können.

Soll man fich nun eine Beziehung zwifchen dem zweifelhaften Architekturftücke und dem Grabe des Kaifers denken, fo könnte man fich allenfalls vorftellen, daß bei dem zunehmenden Andrange der Befucher und der großen Verehrung, welche dem Kaifer Heinrich noch lange nach feinem Tode gezollt wurde, die kryptenartige Vertiefung zwifchen dem Grabe und dem Chorfchluffe angelegt wurde, um dem Befucher Gelegenheit zu geben, den Sarg des großen Kaifers in feinem Grabe wirklich fehen zu können, indem die nifchenartigen Vertiefungen an der Weftwand des Architekturftückes auf den Platz vor dem Altare, alfo auf die Grabesftelle hinweifen. Der ausgetiefte Raum der ganzen Anlage würde bei diefer Annahme nach oben natürlich geöffnet, und zwifchen den den Chorfchluß bildenden Säulen mit einer Brüftungswand umgeben gedacht werden müffen.

So glaublich diefe Angabe über den Zweck des in Rede ftehenden Werkes erfcheinen mag, fo ift fie doch auf keinen Fall richtig; — denn das Grab war vor dem Hauptaltare der Kirche, dem des Petrus, angelegt. Die Stelle, welche die kryptenartige Vertiefung einnimmt, war der Schluß des Mittelfchiffes, war die Stelle des geheiligten Altares. Es wäre etwas Unerhörtes gewefen, einen geweiheten Altar um eines folchen Zweckes willen zu befeitigen.

Es dürfte sich auch aus der Geschichte kein analoger Fall auffinden lassen. Demnach muß die Anlage einen durchaus anderen Zweck gehabt haben, und es läßt sich auch ein solcher ohne Schwierigkeit nachweisen.

Die Altäre der katholischen Kirche bekommen seit ältester Zeit ihre Weihe durch Reliquien, welche in dem Altare verwahrt werden. Von größerer Bedeutung war aber seit jeher der Altar, wenn der Leichnam eines Heiligen unter demselben ruhte. (Reliquienaltar.) Es war in alter Zeit selbst nicht ungewöhnlich, daß mehrere Särge mit den Gebeinen von Heiligen unter dem Altare standen. In diesen Fällen wurden, da die Särge der Heiligen der Gemeinde nicht sichtbar waren, reich geschmückte Scheinsarkophage auf einem hinter dem Altartische angebrachten Aufbau ausgestellt. Die wirklichen Särge standen oder stehen noch entweder zu ebener Erde hinter und mit dem vorderen Ende unter dem Altare, während sich über ihnen der Aufbau erhebt, welcher die Scheinsärge trägt, oder sie stehen in einer kryptenartigen Vertiefung hinter und unter dem Altare (wie z. B. der Sarg mit den Gebeinen des heil. Ulrichs in der St. Ulrichskirche zu Augsburg).

Die Kirche Heinrichs hatte seit dem Jahre 962 eine Menge kostbarer Reliquien und Körper von Heiligen.

Liegt hier nicht die Vermuthung nahe, daß das 1869 aufgefundene unterirdische Gemach zum Grabe dieser heiligen Körper und die in den Wänden desselben befindlichen Nischen zum Aufstellungsorte heiliger Reliquien diente, über welchem sich der Altar aufbaute?

Kaifer Heinrich war schon vor Erbauung der Kirche bemüht gewesen, Reliquien und sonstige heilige Körper herbeizuschaffen: so hatte er schon 923 die Hand des heil. Dionysius vom König Karl von Frankreich erhalten; aber der ganze Körper eines Heiligen war zur Zeit der Erbauung noch nicht vorhanden. Es konnte daher von der Anlage einer Altarkrypta zu dieser Zeit keine Rede sein. — Gleichwohl sehen wir nach seinem Tode seine Gemalin und die übrigen Familienglieder unablässig bemüht, zu erlangen, was dem Kaifer nicht hatte gelingen können.

Otto sandte im Jahre 962 (siehe Kugler) der Kirche die Reliquien der Märtyrer Fabianus, Eustachius, Pantaleon, Hippolytus, Eugenius, Valens und den Körper der Jungfrau Laurentia; darauf im Jahre 964 den Körper der heil. Jungfrau Stephana.

Der plötzliche Besitz so vieler Heiligthümer läßt darauf schließen, daß man nunmehr geeignete Mittel anwandte, den Hauptaltar der Kirche würdig auszustatten; und wie konnte dies besser geschehen, als durch die Anlage einer Krypta unter demselben, wie wir sie in den Hauptformen in dem 1869 aufgedeckten sogenannten Heinrichsgrabe sehen. Die Formen der Stuckornamente, welche sämmtliche Wände dieser Krypta bedecken, scheinen freilich noch späteren Ursprungs zu sein, wenigstens glaube ich, daß man ihre Entstehungszeit mindestens in die Mitte des 11. Jahrhunderts legen muß. Das hindert indeß nicht, die Anlage der Krypta schon in eine frühere Zeit zu setzen, da Beispiele aus der Nähe (Klosterkirche Drübeck) zeigen, daß man ältere einfachere Steinkapitäle (11. Jahrh.) in späterer Zeit (12. Jahrh.) mit reichen Stuckornamenten überzog. So wird es auch hier der Fall gewesen sein, daß die schlichten Formen des 10. Jahrhunderts den vorgeschrittenen Anschauungen des 11. Jahrhunderts nicht mehr zusagten, und daß man sich entschloß, die ursprünglichen einfachen Formen zu beseitigen und durch reichere zu ersetzen. Auf den Blättern 3 und 4 ist sowohl die Gestalt abgebildet, in welcher die Krypta 1869 aufgefunden worden, als auch eine Rekonstruktion der Anlage, wie ich sie mir nach obigen Darlegungen in der alten Kirche Heinrich I. um die Mitte des 11. Jahrhunderts denken muß. In dem Schutthaufen, welcher bei der Auffindung der Krypta 1869 den innern Raum derselben füllte, fanden sich außer vielen abgefallenen Stuckresten, die den Wänden dieser Krypta angehören, auch Halbsäulen, auf deren Kapitälen zwei Archivoltenbekleidungen von links und rechts abgehenden Halbkreisbögen sich treffen. Dem unteren jetzt noch stehenden Theile der Krypta konnten diese Reste nicht angehören, wohl aber einer an der oberen Brüstung angebrachten Blend-Arkadenreihe, wie ich sie in dem Bilde des Durchschnittes angegeben habe. — Ob die segmentförmige Oeffnung, die sich zwischen Altarrückwand und Brüstungsmauer bildet, mit Holzdeckel, Eisengitter oder dergl. geschlossen, oder ohne jeglichen Verschluß gedacht werden muß, mag dahingestellt bleiben.

Es dürfte hiermit die Krypta sowohl mit den architektonischen Gebilden, als auch den kirchlichen Gebräuchen der Zeiten des 10. und 11. Jahrhunderts in organischen Zusammenhang gebracht sein, wodurch die obige Annahme über die Form der Kirche Heinrich I. als wohlbegründet erscheinen dürfte.

Zu meiner Annahme, daß die Krypta erst nach 962 angelegt ist, füge ich noch folgenden als näheren Beleg dienenden wichtigen Umstand hinzu.

Kugler führt es in seiner Beschreibung der Schloßkirche als zweifelhafte Sage an, daß auf Königin Mathildens Wunsch der Körper des heiligen Servatius aus den Niederlanden (ehem. Bischofssitze des Heiligen) geraubt und in die Kirche gebracht, von den Niederländern aber einige Jahre später wieder geraubt und in seine Heimat zurückgebracht sei. Nach „Jocundi Translatio S. Servatii" (bei Pertz Mon. Germ. hist.) ist diese Uebersiedelung des heil. Leichnams nach der Quedlinburger Kirche übrigens gar keinem Zweifel unterworfen. Die ganze Angelegenheit wird mit allen Details so eingehend und deutlich beschrieben, daß nicht der geringste Zweifel an der Wahrheit der ganzen Erzählung übrig bleibt, zumal Jocunbus etwa nur 100 Jahre später diese Aufsehen erregende Sache beschreibt, und zwar ist der Inhalt der für uns wichtigen Mittheilungen etwa folgender:

Mathilde geht ihren Sohn Otto bei seinem Abgange nach Italien (921) an, er möge veranlassen, daß der Körper des heil. Servatius von Maſtricht nach Sachsen in die von seinem Vater zu dessen Ehren erbaute und reich ausgestattete Kirche gebracht werden möge. Otto willigt ein, und es folgt nun die Beschreibung, wie die Maſtrichter anfangs zwar darüber entsetzt sind, sich endlich aber den Befehlen der königl. Majestät fügend, den Leichnam mit großem Gepränge nach Sachsen überführen. Bis an den Rhein ziehen vom Sachsenlande große Deputationen entgegen. Der Sarg wird in der Kirche auf dem Berge mit großer paradiesischer Pracht untergebracht. Ganz Sachsenland staunt und betet den Heiligen an. Serische Gewänder, Gold, Gemmen, Edelsteine strömen zur Zierde seines Sitzes herbei. Zu dieser Zeit kehrt Kaiser Otto (964) von Italien zurück, ist hocherfreut über die Erwerbung des kostbaren Gutes, beschenkt ebenfalls die Kirche und betont, daß man den heiligen Leichnam gut verwahren möge.

Drei Jahre vergehen; da erscheinen Gesandte von Maſtricht, die sich nach dem Heiligen erkundigen und den Wunsch aussprechen, ihn wieder mit sich zurückzuführen. Man zeigt ihnen die Herrlichkeit, in welcher er aufgehoben, die große Verehrung, die er genießt, und bittet, von ihrem Wunsche abzustehen. Es war gerade ein großes Kirchenfest; Tag und Nacht erschallen in dem von Gold und Edelsteinen glänzenden Tempel die Gebete der Andächtigen. Von dem Feste ermattet, liegt in der folgenden Nacht Alles in tiefer Ruhe. Da schleichen die Fremdlinge durch die schlafenden Wächter, dringen in das Heiligthum ein, heben sorgfältig ihren Heiligen auf, und nachdem sie die Glockenstränge abgeschnitten, die Thüren verschlossen und die Schlüssel fortgebracht, legen sie jenen auf ihre Pferde und machen sich eiligst von dannen. Es wird ferner die Eile und Sorgfalt beschrieben, mit welcher die Rückreise glücklich ausgeführt wird.

Da die Thatsachen dieser Erzählung auf keinen Fall bestritten werden können, so dürfte daraus sich erklären, daß der Altar, vor welchem Heinrich begraben wurde, und der von allen Schriftstellern der Altar des Petrus genannt wird, seit dem Besitze des Leichnams des heil. Servatius der Altar des Servatius, oder des Petrus und Servatius genannt wird, wenngleich Servatius auch früher schon als Schutzpatron der Kirche genannt wird. Es dürfte ferner ein Argument mehr noch darin zu finden sein, daß die Krypta namentlich zur Ehre des heil. Servatius angelegt wurde, und zwar in den 60er Jahren des 10. Jahrhunderts, in welcher Zeit so viele Reliquien hier zusammenströmten.

Zur Begründung meiner Ansicht, daß die Ornamentation der Krypta in Stuck dennoch nicht der ursprünglichen Anlage, sondern einer etwas späteren Zeit angehört, führe ich das Folgende an: Mit den Ottonen tritt offenbar eine neue Aera für die Baukunst in den sächsischen Ländern ein. Während Heinrich I. noch der einfache schlichte Sachsenkönig war, der von den verfeinerten Sitten Italiens nichts kannte und treu der altsächsischen Weise lebte suchte Otto I. schon den Glanz des Südens auch über sein Sachsenland strahlen zu lassen. Er heirathete eine Italienerin, vermählte seinen Sohn Otto II. mit einer griechischen Prinzessin, und so ist es erklärlich, daß wie Sprache und Sitten der Sachsen vom südländischen Hauche nicht unbeeinflußt blieben, auch die Architektur von jenem Hauche berührt wurde. Dieser Einfluß ist sofort schon an den Kirchen der Spätzeit des 10. Jahrhunderts bemerkbar; aber mühsam bricht sich die neue Weise ihre Bahn. In den sehr edlen Formen der Bernward'schen Architektur der Michaeliskirche in Hildesheim (Anfang des 11. Jahrhunderts) finden wir sogar keine Spur des für die Kapitäle der Säulen so paßlichen byzantinischen Ornamentes. Greifen wir zu der Schloßkirche zu Quedlinburg zurück, so sind die Ornamente, welche dem Bau von 997 bis 1021 angehören, noch roh gegen die der hier in Rede stehenden der Servatiuskrypta zu nennen. Die letzteren müssen also aus einer späteren Zeit stammen. Da aber 1070 durch den Brand der großen Kirche die Kirche Heinrichs so gründlich zerstört wurde, daß sie gänzlich erneuert werden mußte, so ist damit auch die Servatiuskrypta verschwunden, und ich glaube deshalb nicht fehl zu greifen, wenn ich die Ornamentation derselben der Mitte des 11. Jahrhunderts zuschreibe.

Eigenthümlich ist es, daß viele der Säulchen derselben statt architektonischer Basenbildungen — Vogelklauen zeigen. Ich glaube nicht zu irren, wenn ich annehme, daß der Bildhauer hiermit eine Anspielung auf den Erbauer der Kirche, den Vogelsteller, geben wollte. Da die Schriftsteller diesen Namen erst lange nach seinem Tode gebrauchen, so dürfte, was freilich nach meinen gegebenen Darlegungen anzuführen als überflüssig erscheint, auch hierin ein kleiner Beweis für die Richtigkeit meiner eben gegebenen Ausführungen zu finden sein.

Auf dem Blatte 1 habe ich zur Erleichterung des Vergleichs auch die Wipertikirche abgebildet. Die obere Reihe der Grundrisse zeigt in gleichem Maßstabe und in einer Horizontalen gezeichnet die historisch geordnete Reihenfolge der Kirchen mit ihren Veränderungen.

Das erste Bild stellt die Kirche Heinrichs dar, konstruirt nach dem Vorbilde der Wipertikirche, nur in größeren Dimensionen.

Das zweite Bild zeigt die von der Großtochter Mathilde 997 bis 1021 gebaute Kirche, bei welcher ich, den Vorbildern jener Zeit entsprechend, eine doppelchörige Form annehmen mußte. Die Kirche Heinrichs liegt hierbei halb unter dem Chore der großen Kirche, zur anderen Hälfte noch im Freien.

Das dritte Bild zeigt die 1070 mit der Kirche vorgenommene Veränderung, in welcher ein über das Querschiff hinausgeschobenes Chorquadrat mit dem gebräuchlichen romanischen Apsidenschluß die alte Form der Heinrichskirche gänzlich aufhebt, wie denn auch die Säulenstellung die völlige Umwandlung des Innern zeigt. Endlich deutet das Bild auch die um diese Zeit bis 1129 vorgenommene Veränderung der Westseite an.

Das vierte und fünfte Bild zeigen die jetzige Gestalt von Kirche und Krypta mit den Veränderungen des Thores, vorgenommen durch Gräfin Jutta 1320.

Schließlich gebe ich auf Blatt 4 eine möglichst treu in ⁸/₉ der natürl. Größe nach einem Abbruck in Gyps dargestellte Inschrift der Wipertikirche, welche sich am Architrav der Apsübe zwischen dem Mittelpfeiler und der ersten üblichen Säule findet, die Archäologen entziffern mögen.

Die Gräber der Aebtissinnen in der Schloßkirche zu Quedlinburg.

Von F. v. Quast.

Mit 10 Abbildungen auf 6 Blättern und einem in den Text gedruckten Grundriß.

Vorbemerkung. Als ich nachfolgenden Aufsatz zu Anfang Mai 1875 beendet hatte, sandte ich ihn an die Redaction der Zeitschrift mit der Bitte: nachzusehen oder nachsehen zu lassen, ob etwa neuere, mir nicht zugänglich gewesene Forschungen Verbesserungen einiger Theile desselben nothwendig machten, und dann dieselben entweder sogleich selbst vorzunehmen, oder mir solche zu diesem Behufe wieder zustellen zu wollen. Inzwischen hatte ich Gelegenheit zu Ende Juli 1875 mit Herrn Bürgermeister Brecht, der meinen Aufsatz bereits in Händen und mit Bemerkungen versehen hatte, die besonders durch Dr. Weilands selbständige Forschungen über die Chronologie der ältern Aebtissinnen von Quedlinburg und Gandersheim veranlaßt waren, die Schloßkirche und die Grabsteine nochmals genau zu besichtigen und die nach letzteren von Herrn Bollmann angefertigten Zeichnungen mit den Originalen zu vergleichen und deren vortreffliche Nachbildungen aufs neue anzuerkennen, während zur Verbesserung von Einzelheiten hier noch Vorschläge gemacht werden konnten, die nachher befriedigt worden sind. Als mir das gesammte Material seit Anfang 1876 wieder vorlag, war ich zu Anfang Februar in der Lage, auf Grund des nachträglich vervollständigten Materials die Revision des Manuscripts vorzunehmen. Es war mir mit demselben auch eine Abschrift von Dr. Weilands genanntem Aufsatze übersandt worden, der nunmehr auch in dem 8. Jahrgange der Zeitschrift des Harz-Vereins von 1875, S. 475—489 zum bequemeren Gebrauche gedruckt vorliegt. Wenn Dr. Weiland S. 476 sagt, daß er durch Vermittelung des Herrn Brecht und mit meiner Zustimmung mein Manuscript habe einsehen und für seine Arbeit verwerthen können, so wurde mir nun wieder der Vorzug zu Theil, auch seine Forschungen für meine Zwecke benutzen zu können. Wenn dies durch das ganze Manuscript hin an geeigneten Stellen geschah, so war es nicht möglich, dies stets im einzelnen anzugeben, und bemerke ich nur, daß ich, da es mir nicht darauf ankam, selbständige historische Forschungen zu machen, sondern nur die von anderen oder mir gewonnenen Resultate als Grundlagen für die Monumentalbeschreibungen zu benutzen, ich überall gern die von Herrn Dr. Weiland, sowie andere durch Herrn Brecht erforschten als thatsächlich beste Angaben adoptirt habe. Ich kann daher nur beiden Herren meinen besten Dank hierfür aussprechen. Nur in einem Falle, dem Todesjahre der Aebtissin Adelheid I., glaubte ich von den durch Dr. Weiland festgestellten Ergebnissen abweichen zu müssen, und habe ich die Gründe für meine Annahme an der betreffenden Stelle angegeben. [1]

Der hohe Ruhm, den König Heinrich I. als der eigentliche Gründer der Einheit und Größe Deutschlands sich erworben, ward auch auf die Kirche zu Quedlinburg übertragen, welche er zu seiner Ruhestätte sich erwählt hatte, wo dann später auch die Königin Mathilde neben dem Gemale ihr Grab fand. Auf ihre Verwendung hatte Otto der Große neben der Kirche das hohe Frauenstift gegründet, das unter allen in Deutschland den höchsten Rang einnahm, dem Kaisertöchter vorstanden, die eine Vermälung mit den Großen des Reichs unter ihrem hohen Range hielten, und das bis in unsre Zeiten bestand, wo die Reihe der fürstlichen Aebtissinnen mit den vornehmsten Königstöchtern abschloß.

---

1) Erst 2 Monate, nachdem dieser Aufsatz revibirt und die Vorbemerkung geschrieben war, erhalte ich Kenntniß von dem Vortrage, den Baurath Hase zu Hannover am 6. Nov. 1872 über das Kaiser-Heinrichs-Grab gehalten hat (vorstehend abgedr. nach d. Zeitschr. d. Arch. Ver. zu Hannover, XIX, Heft 1). Aus den Darstellungen der kleinen Reliquien-Apsis und ihrer merkwürdigen Details können diejenigen, welche sie nicht an Ort und Stelle sahen, sich einen Begriff jener so eigenthümlichen Architekturbildungen machen. Wenn ich in so vielem mit meinem verehrten Freunde nur übereinstimmen kann, so ist es mir doch nicht möglich, ihm in allen seinen weitgehenden Combinationen zu folgen. Doch unterlasse ich hier, wo es weniger am Orte ist, dies Thema weiter auszuführen. Aus diesem Grunde habe ich auch den Text unverändert gelassen.

Der Bedeutsamkeit der Stiftung entspricht auch die äußere Erscheinung der Kirche, die auf steilem Felsen im Angesicht des Harzes thronend, sowohl durch ihre Großartigkeit, als auch durch alterthümliche Architektur sich auszeichnet und uns die Zeiten vergegenwärtigt, wo die Kaiser gern hier weilten und namentlich die hohen Festzeiten in Andacht hier zu feiern pflegten und Quedlinburg, wenn auch eine beständige Kaiserliche Residenz in jenen Jahrhunderten nicht vorhanden war, fast als Hauptstadt des Römisch-Deutschen Reichs angesehen werden konnte.

Merkwürdig ist es aber, daß die Bedeutsamkeit der Schloßkirche zu Quedlinburg als hervorragendes Denkmal der Frühzeit deutscher Baukunst erst in verhältnißmäßig später Zeit erkannt wurde. Es muß als ein Verdienst Kugler's hervorgehoben werden, daß er dieselbe durch mehrere sich folgende Beschreibungen zuerst in weiteren Kreisen bekannt machte und dadurch zur öffentlichen Würdigung brachte. Dies geschah zunächst durch seine Reisebemerkungen von 1832 und 1834 in der von ihm herausgegebenen Zeitschrift „Museum", Blätter für bildende Kunst, 1833 S. 165 und 1834 S. 142; viel ausführlicher jedoch in der von ihm in Gemeinschaft mit Ranke 1838 verfaßten Beschreibung und Geschichte der Schloßkirche zu Quedlinburg und der in ihr vorhandenen Alterthümer, in der die kunsthistorischen Ausführungen durchgehend von Kuglern herrühren. Wenn man bedenkt, daß das Innere der Kirche damals durch systematische Verstümmelungen und durchgehende moderne Verbauungen kaum sichtbar war und selbst dem geübten Forscher unendliche Schwierigkeiten für die genauere Beobachtung entgegenstellte, so muß man anerkennen, daß Kugler in jenen Aufsätzen, vor allem aber in der ausführlicheren Beschreibung der größeren Schrift, sehr bedeutendes geleistet hat. Obgleich er es nicht mehr erlebt hat, daß die Kirche von den Verstümmlungen der Jahrhunderte und den Unbilden späterer Zeiten wieder zu altem Glanze erneuert worden ist, so ist nicht daran zu zweifeln, daß diese Herstellung selbst wesentlich mit durch den Ruf veranlaßt wurde, den das Bauwerk vorzugsweise durch Kugler's Darstellungen in weiteren Kreisen erlangt hatte.

Kugler's Beschreibung der Kirche ist so genau und der Wirklichkeit entsprechend und mit so feinem Verständnisse des Verhältnisses der einzelnen verschiedenartigen Theile zu einander durchgeführt, daß eine Vervollständigung fast nur in Bezug auf diejenigen Theile nöthig ist, welche erst während der Restauration sichtbar wurden. Die wenigen von ihm in der genannten Schrift und dem Wiederabdrucke derselben in seinen kleinen Schriften (I, S. 540 u. ff.) gegebenen Abbildungen, namentlich der Details, sind überaus charakteristisch dargestellt. Leider entbehren wir noch immer einer der Bedeutsamkeit der Kirche entsprechenden Veröffentlichung von Aufnahmen, da die allein vollständigeren, welche Alfred Hartmann in den mittelalterlichen Baudenkmälern Niedersachsens (7. Heft 1861) herausgab, schon des kleinen Maßstabes wegen nicht genügen.

Wenn es sich hier auch nicht um die Darstellung der Architektur der Schloßkirche, also auch nicht um eine eigentliche Baugeschichte derselben handelt, so ist es doch um des Gegenstandes unsrer Untersuchung willen nothwendig, die Hauptmomente der Baugeschichte hier hervorzuheben, damit wir eine sichere Basis für die späteren Erörterungen gewinnen.

Neben dem alten Königlichen Hofe Quitilinga, der in der Ebene an der Bode lag, und in dem hieraus hervorgegangenen Wiperti-Kloster in der noch heute erhaltenen Krypta aus der Mitte des X. Jahrhunderts einen werthvollen Rest jener Frühzeit bewahrt, dessen erste Kenntniß wir gleichfalls Kuglern verdanken, [1] ward auf dem benachbarten Felsen eine Burg erbaut. Quedlinburg wird unter den befestigten Städten, deren Erbauung zum Schutze der deutschen Lande gegen die Einfälle der Ungarn und Slaven dem Könige Heinrich vorzugsweise zum Ruhme angerechnet wird, wohl mit in erster Reihe erbaut sein. Schon am 20. Februar 922 datirt derselbe eine Urkunde in villa quae dicitur Quitilingaburg, während der Ort, wo des Jacobi- (Wiperti-) Klosters 961 zuerst erwähnt ist, in der betreffenden Urkunde noch ferner als cortis Quitilinga bezeichnet wird. Am Ende seines Lebens beschloß der König auf dem Reichstage, den er vor seinem Todeszuge nach Memleben hielt, auf der Burg ein hohes Frauenstift dadurch zu gründen, daß er zunächst die Nonnen aus dem benachbarten Wendhausen nach Quedlinburg versetzte. Doch vor Vollendung dieser Stiftung starb der König am 2. Juli 936 zu Memleben und ward vor dem Altare des heil. Petrus in der Basilika dieses Heiligen zu Quedlinburg beigesetzt.

Erst ein Jahr darauf genehmigte König Otto I. auf inständiges Bitten seiner Mutter, welche die Seele der neuen Stiftung auch schon bei Lebzeiten ihres Gemals gewesen war, und welche bereits 929 Quedlinburg neben anderen Königlichen Gütern, die sie zu Klöstern bestimmt, von demselben zum Geschenke erhalten hatte, die Errichtung des Nonnenklosters zu Quedlinburg. Die Verstimmung der Nonnen zu Wendhausen und ihrer Aebtissin Diemot über deren gewaltsame Versetzung, verhinderte noch lange Zeit hindurch die völlige Einrichtung der neuen Stiftung. Erst 966 wurde die erste Aebtissin geweiht; es war Mathilde, die Tochter Otto's des Großen. Unter ihrer

---

1) Allerdings hatte Ferd. Ranke in dem Gymnasial-Programme von 1833 bereits auf das hohe Alter derselben, sowie auch auf das der Schloßkirche, hingewiesen; jedoch ohne alles nähere Eingehen auf den Charakter der Architektur. Auch blieb das Programm den Kreisen der Archäologen im Ganzen wohl fern. Wir verdanken seiner Forschung vorzugsweise die Kenntniß der ältesten Lokalgeschichte, welche wir auch unsrer Darstellung zum Grunde gelegt haben.

angen Regierung finden wir, außer den reichen Schenkungen, welche ſie von Vater, Bruder und Neffen, den drei Ottonen, in ausgedehnteſter Weiſe erhielt, nur verzeichnet, daß ihre Großmutter, Königin M a t h i l d e, nach ihrem am 14. März 968 erfolgten Tode vor dem Altare des heil. Servatius neben ihrem Gemale in der Stiftskirche zu, Queblinburg, wo ſie geſtorben war, begraben wurde. Erſt zu Ende ihres Lebens vollführte Aebtiſſin M a t h i l d e inen Umbau der von ihren Großeltern aufgeführten Kirche, welche für ihre jetzige Beſtimmung und die Menge des verbeiſtrömenden Volkes zu eng erſchien, indem ſie zu Ehren des heil. Servatius die Kirche in weiteren und höheren Maßen erbauen und am 10. März 997 feierlichſt einweihen ließ. Schon am 7. Februar 999 ging ſie heim und warb zu Häupten ihres Großvaters beigeſetzt.

Ihr folgte ihre Nichte Adelheid, Tochter Kaiſer Otto II. und der Kaiſerin T h e o p h a n u, welche bereits vor einigen Jahren, noch ſehr jung, der Aebtiſſin Mathilde zur Erziehung übergeben war. Unter ihr geſchah in Gegenwart des Kaiſers Heinrich II. und ſeiner Gemalin Kaiſerin Kunigunde und einer zahlloſen Verſammlung von geiſtlichen und veltlichen Großen des Reichs am 24. Septbr. 1021 eine feierliche Einweihung der Queblinburger Kirche, indem fünf Altäre von ebenſo vielen Biſchöfen und Erzbiſchöfen geweiht wurden, jeder einer Anzahl von Heiligen gewidmet und mit deren Reliquien gefüllt.

Keine anderweiten Nachrichten, auch nicht die grade in dieſer Zeit ſehr ausführlichen Queblinburger Jahrbücher, nelben in der Zeit von der vorhergehenden Weihe i. J. 997 bis zu der von 1021 von irgend einer Zerſtörung oder Entweihung der Kirche, noch weniger von einem Fortbaue derſelben oder einem andern Ereigniſſe, das dieſe letztere Einweihung veranlaßt hätte. Man iſt alſo nur auf Combinationen angewieſen. Da liegt die Annahme am nächſten, daß, als Aebtiſſin Mathilde i. J. 997 die Weihe des von ihr unternommenen Umbaues vollziehen ließ, wie es ſo häufig anderwärts geſchah, erſt ein Theil der Kirche vollendet war, und ſie ihrer Nachfolgerin Adelheid die Vollen- dung derſelben und dann ſchließlich die feierliche Geſammteinweihung hinterließ.

Adelheid lebte bis zum Jahre 1044, nachdem ſie 1039 noch ihrer Schweſter S o p h i a als Aebtiſſin von Gandersheim, wie ſchon 1014 der H a t h u i, Schwiegertochter des Markgrafen Gero, als Aebtiſſin von Gernrode gefolgt war, und gleichzeitig auch noch die Abtei B r e d e n in Weſtfalen erhielt. Wie bisher die Töchter der ſächſiſchen Kaiſer, ſo nahmen nun die der fränkiſchen den Stuhl von Queblinburg ein. Beatrix I. und Adelheid II., die Töchter Heinrich III., folgten ſich hintereinander. Unter der letzteren traf das Münſter ein ſchwerer Unglücksfall. Im Jahre 1070 ward die Queblinburger Kirche mit allen Umgebungen vom Feuer ergriffen und in Aſche gelegt. Erſt 1129 war ſie ſoweit wieder hergeſtellt, daß ſie am Pfingſtmontage (4. Juni) in Gegenwart des Königs Lothar wieder feierlich geweiht werden konnte.

Von ſpäteren Bauten erfahren wir nur noch, daß laut einer Inſchrift das von der Nordſeite des Chors in die Krypta führende Portal i. J. 1320 erbaut wurde. Vorausſichtlich um dieſelbe Zeit erfolgte der damit verbundene Umbau des Chorſchluſſes, welcher (mit Ausnahme der völlig romaniſchen Krypta) in gothiſchem Style erbauet iſt; doch mag die Vollendung etwas ſpäter erfolgt ſein, wo der Bürgermeiſter der Altſtadt, Bernhard von Beckenheim, welcher vor 1331 inmitten der Kirche den Altar der heil. Anna weihen ließ, das mittlere Oſtfenſter des Chors mit bunten Fenſtern ſchmückte.

Von den vorgenannten Bauzeiten kann es nur in Frage ſtehen, ob die Kirche, wie wir ſie noch gegenwärtig im weſentlichen vor uns ſehen, diejenige iſt, welche im Jahre 1021 geweiht wurde, oder die, welche nach dem Brande von 1070 gebauet und 1129 vollendet wurde. Kugler entſchied ſich in allen vorgenannten Aufſätzen für das erſtere Datum. In dem Wiederabdrucke der größeren und letzten ſeiner Abhandlungen in den kleinen Schriften wird er jedoch in der nachträglichen Bemerkung von 1851 (I, S. 622) ſchon ſchwankend, indem er die Möglichkeit zugibt, daß der Bau zwiſchen 1070—1129 falle, und zur völligen Annahme dieſer letzteren Bauzeit nur noch durch die Aehnlichkeit der Architektur mit der der Marienkirche zu Magdeburg abgehalten werde, auf deren Erbauung am Anfange des XI. Jahrhunderts ſelbſtändige Gründe hindeuteten. Daß dieſe Gründe nicht mehr vorhanden ſind, habe ich ſpäter in der von mir und Otte herausgegebenen Zeitſchrift für chriſtliche Archäologie und Kunſt (I, 173. 174) nachgewieſen, da dieſe Kirche erſt zwiſchen 1064—1078 neuzubauen angefangen wurde; letzteres Datum beſtätigt den Bau der Schloßkirche zu Queblinburg in der Bauzeit von 1070—1129, welche jetzt wohl keinem Zweifel mehr unterliegt. Bei der nach 1862 begonnenen Herſtellung der Queblinburger Kirche zeigte es ſich, daß die Außenſeiten der Baſen und Schafte der Säulen des Langhauſes, namentlich der öſtlichen, nicht von Stein, ſondern aus Stuck angefertigt waren, unter denen ältere Baſen und Schafte aus Stein ſich vorfanden, die aber offenbar durch Feuer ſehr zerſtört waren. Hieraus iſt zu ſchließen, daß jene älteren mit Stuck überzogenen Säulen und Baſen einem älteren Baue, alſo jedenfalls dem 1021 eingeweihten und 1070 abgebrannten, angehören. Obſchon der ganze übrige Oberbau der ſpäteren Bauperiode angehört, ſo iſt es doch nicht unwahrſcheinlich, daß auch ſonſt noch in der Kirche einzelne Reſte des älteren Baues ſich vorfinden; doch müßten ſie im einzelnen erſt ſtets nachgewieſen werden. Dies vermag ich nur noch in Bezug auf einen Theil der Krypta zu conſtatiren. Es iſt dies der weſtlichſte Theil unter dem Kreuzesmittel mit der gegen Süden anſtoßenden Bogenſtellung. Wo dort noch zu Kugler's Zeit viereckige Pfeiler die Gewölbe ſtützten, ſind jetzt bei der Herſtellung wieder die innerhalb jener befindlichen urſprünglichen 2 Säulen sichtbar geworden, die man, um die darüber angebrachte Kanzel besser zu stützen, zu Anfange des XVIII. Jahrhunderts ummantelt hatte. Es zeigte sich nun, daß die Säulen, einschließlich ihrer Kapitäle, derjenigen völlig gleich gebildet waren, welche unter der Arkade sich befindet, welche diesen Theil von der westlichen Hälfte des südlichen Kreuzarmes der Krypta abtrennt. Kugler hat (a. a. O. S. 16) die Verschiedenheit der Architektur dieses Bautheiles von der aller umgebenden Bautheile sehr richtig erkannt, auch die Uebereinstimmung der Kapitälform mit denen des Langhauses in der Krypta von S. Wiperti zu Quedlinburg nachgewiesen und ist selbst der Ansicht, daß dieselben gleichzeitig seien, doch so, daß die Säule der Schloßkirche in dem späteren Einbaue der Krypta, der jünger sei als alles übrige, eine Wiederverwendung erhalten hätte. Der Vergleich der Abbildungen der Kapitäle in S. Wiperti bei Kugler (VI. 2) und der der Schloßkirche in den Aufnahmen von Hartmann[1] lassen diese Uebereinstimmung nicht verkennen. Aus einer noch etwas älteren Periode datiren sehr ähnliche Kapitäle der Münsterkirche zu Essen (vergl. meine Darstellung in der Beschreibung der Kirche in der Zeitschrift für christl. Arch. und Kunst I, S. 8) und ganz verwandte befinden sich auch in den oberen Galerien des Langhauses der Klosterkirche zu Werden an der Ruhr, welcher Bautheil auch jener Frühzeit angehören wird. Was das Kämpfergesims anbetrifft, um dessen willen Kugler diesen ganzen Einbau erst einer späteren Zeit vindiciren möchte, so hatte er wohl nicht beachtet, daß dieselbe Profilirung auch über den Säulen des Apsidenschlusses der Wiperti-Krypta als Architrav hinläuft, wie er solche selbst Tafel VI, Fig. 3 wiedergibt, nur daß es bei den Kämpfern der Schloßkirche verdoppelt erscheint. (Das. Tafel V, Fig. 6.)

Aus allem diesem dürfte zu folgern sein, daß die ältere, vor der Weihe von 1021 erbaute und 1070 abgebrannte Kirche im wesentlichen dieselbe Gesammtanlage und dieselben Maße wie die nach dieser Katastrophe erneuerte und bis jetzt erhaltene Kirche hatte, sodaß man sehr wohl einzelne Theile dem Neubaue wieder einverleiben konnte.

Noch muß einer sehr eigenthümlichen Anlage erwähnt werden, welche beim Herstellungsbaue innerhalb der östlichen Apsis der Krypta entdeckt wurde. Nach Beseitigung des hier befindlichen Altares fand man innerhalb des Fußbodens vertieft eine kleinere halbkreisförmige Apside, welche gegen Osten fast die Wand der jetzigen Apsis berührt, aber wenig mehr als halb so breit ist, wie letztere, und gegen Westen am Beginne der Altarnische gradlinig abgeschlossen ist. Der ganze Einbau liegt etwa 5 Fuß im Erdboden eingesenkt und ist rundherum mit kleinen im Grundrisse rechteckigen, nach oben rundbogigen Nischen umgeben. In dem Halbkreise finden sich deren 8, in der graden Westwand, 2 nach Süden zu, angebracht, während sonst noch reichlich Platz für eine 3te vorhanden wäre, die aber niemals dagewesen ist. Die Nischen werden von kleinen Halbsäulchen und einer Bogeneinfassung darüber eingefaßt; zwischen ihnen aber, in der Mitte jedes kleinen Pfeilers steigt ein Halbsäulchen höher hinauf, um das obere Abschlußgesims zu tragen, das sich in Höhe des Fußbodens der Krypta befand, jetzt aber fehlt. Nur der mittlere Ostpfeiler ist abweichend gebildet, indem hier das Mittelsäulchen fehlt, und der breitere Pfeiler gleichfalls wie die Nischen mit einer Archivolte verziert ist. Diese überaus eigenthümliche Anordnung, welche, soviel mir bekannt ist, nirgend ihres gleichen findet, läßt zunächst die Frage zu beantworten, was dieser ganze Einbau zu bedeuten habe. Die geringen Maße erlauben nicht die Annahme eines selbstständigen Baues, indem der eingedeckte Raum, wenn man kein Gewölbe darüber annehmen will, auf dessen ehemaliges Vorhandensein nichts hindeutet, nicht hoch genug ist, daß ein Mann aufrecht darin stehen könnte. Auch ein Zugang von den Seiten ist nirgend sichtbar, indem die hierfür auch viel zu kleinen Nischen (sie haben nur 2½ Fuß Höhe) im Halbkreise herum nirgend das ehemalige Vorhandensein einer Oeffnung zeigen, vielmehr den rohen Felsen als Hintergrund sehen lassen. Es bleibt also nur die Annahme übrig, daß, wenn man überhaupt in das Innere eintreten wollte, dies nur durch Einsteigen von oben her geschehen konnte; nicht minder, daß der Bau mit den Königlichen Gräbern Heinrich I. und seiner Gemalin Mathilde in einem Zusammenhange gestanden habe, da diese unmittelbar vor der Westwand dieser Vertiefung mit ihrem Fußende sich befanden. Doch ist kein Grund zu der Annahme vorhanden, daß hier selbst ein oder mehrere Särge aufgestellt gewesen wären; dazu war doch die Grundform eine durchaus unpassende und außerdem steht das Bedenken entgegen, daß nicht abzusehen ist, wie die Eindeckung über den Gräbern gewesen wäre. Daß eine Wölbung nicht möglich war, ist schon erwähnt worden. Für eine flache Eindeckung mit Steinplatten war die Spannung von 9½ Fuß lichter Tiefe bei 11½ Fuß Breite zu bedeutend. Daß der ganze Raum von Anfange an absichtlich mit Erde ausgefüllt worden sei, ist aber bei der reichen decorativen Ausschmückung des Ganzen undenkbar. Diese Ausschmückung besteht, außer der schon geschilderten Anordnung darin, daß alle Säulchen, Basen, Kapitäle und Archivolten mit überreichen Decorationen aus Stuck versehen sind. Jene Decorationen, die besonders bei den Basen in wahrhaft üppigen Formen hervortreten, zeigen Formbildungen von so eigenthümlicher Art, daß sie unter anderen Architekturen kaum ihres gleichen finden und nur den oft phantastischen Architektur- und Decorationsbildungen zu vergleichen sind, die wir in Manuscripten der karolingischen, und namentlich der ottonischen Zeit finden, z. B. in

---

dem prachtvollen Ottonischen, dem Ende des X. Jahrhunderts angehörigen Evangeliarium aus Echternach in der herzoglichen Bibliothek zu Gotha (vgl. Zeitschr. für christl. Arch. und Kunst II. S. 241 u. f.) und hier vor allem in den arkadenartigen Einfassungen der Evangelienharmonie. Hiernach darf wohl nicht bezweifelt werden, daß dieser Einbau noch dem X. Jahrhundert angehört und vielleicht sogar der Zeit unmittelbar nach dem Tode König Heinrichs. Sein Grab wird wohl das in der Mitte vor der Nische befindliche sein, das man gewöhnlich für das seiner Gemalin hält, während der Regel nach stets der zuerst gestorbene den Mittelplatz erhielt. Ich denke mir, daß der vorgenannte vertiefte Raum in seinen kleinen Nischen mit Reliquien von Heiligen angefüllt war, weil man annahm, daß die Nähe derselben den Tobten zu Gute käme, welchen Aberglauben laut Eusebius bereits Constantin der Große hegte und sein Grab deshalb inmitten der Särge der Apostel wählte, denen er seine Grabkirche in Constantinopel widmete.

Die beiden Nischen der westlichen Wand sind offenbar erst nachträglich vermauert worden. Sie befinden sich grade den Särgen des Königs und der Königin gegenüber, welche man, wenn sie geöffnet oder höchstens durch Gitter geschlossen waren, durch sie hindurch sehen konnte. An der kahlen und jetzt etwas rauhen Wand nördlich von den Nischen, konnte sehr wohl eine kleine Treppe zum Hinabsteigen vorhanden gewesen sein. Hier wird die Königin Mathilde hinabgestiegen sein und im Angesichte des Sarges für das ewige Heil ihres Gemals gebetet haben, wenn sie, wie mitgetheilt wird, zu allen Zeiten, namentlich auch nachts, in die Kirche eilte, um hier ihre Andacht zu verrichten; und nach ihr werden es ihre Kinder und Enkel und namentlich die ihrem Blute entstammten Aebtissinnen mit ihren Nonnen gethan haben. Am Ostende dieser kleinen Betkapelle wird dann vor dem mittelsten östlichen Pfeiler ein kleiner Altar zur Feier der Memorien aufgestellt gewesen sein, worauf auch das Kreuz hindeutet, welches inmitten der Decorativnische des kleinen Mittelpfeilers angebracht ist. Als später das persönliche Verhältniß zu den Stiftern der Kirche und des Klosters aufgehört hatte, namentlich nach den die erstere betroffenen Unglücksfällen und Umbauten und jedenfalls nach Einführung der Reformation, erschien diese so eigenartige Anordnung unnütz und wurde das Ganze verschüttet und ein Altar darüber erbaut.

Beim Herstellungsbaue der Kirche machte man aber eine noch weit bedeutendere Entdeckung als wie die vorgenannte. Als man das Gestühle und die Fußbodenbretter aus der Mitte der Kirche entfernte, wurden hier, genau inmitten des Langhauses, die Grabsteine von 8 Aebtissinnen gefunden, welche meist der ältesten Zeit angehörten.

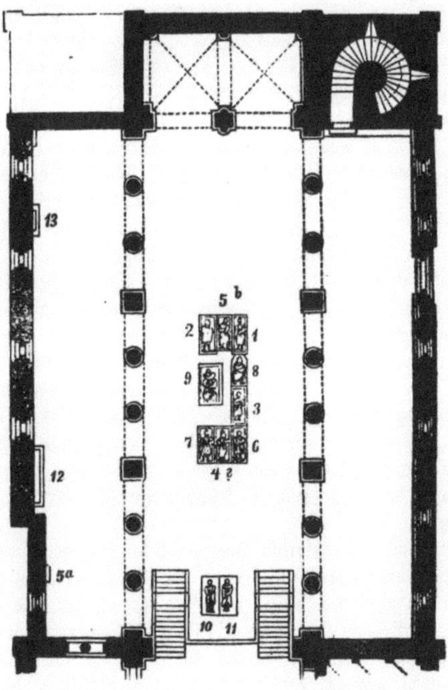

1. Adelheib I., † 1044.　　2. Beatrix I., † 1062.　　3. Abelh. II., † 1095.　　5ᵃ. Agnes II. (bisheriger Platz).　　5ᵇ. Agnes II., † 1203.
6 Sophia (?), † 1230.　　7. Gertrub, † 1270.　　8. Anna I., † 1458.　　9. Abelh. IV., † 1441.　　10. Hedwig v. Sachsen, † 1511.
11. Maria v. Sachsen, † 1610.　　12. Doroth. Soph. v. Sachsen, † 1645.　　13. Pröpstin Anna v. Braunschw., † 1643.

Vier derselben lagen hinter einander auf der Nordseite, drei neben einander an der Ostseite (einschließlich der östlichsten der vorgenannten Reihe). In der südlichen Reihe waren nur 3 Grabsteine, einschließlich des südlichsten der Ostreihe. Der westlichste lag in gleicher Richtung wie der westlichste der nördlichen Reihe, so daß zwischen letzteren beiden ein leerer Platz in der westlichsten Reihe blieb. Die Mitte der südlichen Reihe nahm ein Grabstein in viel größeren und abweichenden Maßen wie die übrigen ein.

Die ganze Anordnung zeigt offenbar etwas absichtliches, systematisches. Die vorhandenen Lücken lassen annehmen, daß die ursprüngliche Anordnung entweder niemals völlig zur Durchführung kam, oder daß man sie später unterbrach, oder daß beides geschah, indem sie unterbrochen und später erst mit Veränderungen wieder aufgenommen wurde; doch können auch ehemals vorhanden gewesene Grabsteine später beseitigt worden sein.

Vor allem ist diese Auffindung darum wichtig, weil wir hier die Grabstätten der ältesten Aebtissinnen nach jener Ottonischen Mathilde finden, deren Grab noch jetzt in der Krypta zu Häupten ihrer königlichen Großeltern sich vorfindet, wo sie auch, zufolge der alten gleichzeitigen Nachrichten nach ihrem 999 erfolgten Tode ihre Begräbnißstätte fand. Der jetzige Grabstein ist wie der ihrer königlichen Großeltern völlig schmucklos.

Der westlichste Grabstein der nördlichen Reihe (s. unten Fig. 1) zeigt in der mittleren Vertiefung die in starkem Relief hervortretende Gestalt der Aebtissin. Mit der Linken hält sie vor der Brust ein mit Edelsteinen geschmücktes Buch, während die Rechte erhoben ist. Die ganze Gestalt ist mit einem einfachen ungegürteten Kleide bis zu den Füßen hinab bekleidet, wo ein einfacher Saum den Abschluß bildet. Die weiten Oberärmel sind mit einer Borte gesäumt, welche aus kleinen Vierblättern zusammengesetzt ist, und hängen tief herab. Die Aermel des Untergewandes werden unter jenen sichtbar und schließen mit ungeschmücktem Rande eng an der Hand an. Die Füße sind mit einfachen, etwas zugespitzten Schuhen bekleidet. Kopf und Schultern überdeckt ein Schleier, dessen einer Zipfel rechts bis über die Brust herabhängt. Der Faltenwurf ist durchgehend mit einer kleinlichen Sorgsamkeit, aber ohne alles Formengefühl angeordnet, so daß durchgehend ein steifer Schematismus vorherrscht, der so weit geht, daß die Falten vor den Knien jederseits fast als 2 parallele Kreise gebildet sind. Die Gesichtszüge sind sehr roh gebildet, und lassen weder charakteristische noch schöne Formen erkennen. Die Inschrift lautet, mit Auflösung der Abbreviaturen, welche man in der Zeichnung deutlicher erkennen kann, an der östlichen Fußseite: XVIIII . Kalendas Februarii Hathelheid Abbatissa obiit. Auf den drei anderen Seiten steht ohne Abbreviaturen: + HOMO . VANITATI . SIMILIS . FACTVS . EST . DIES . EIVS . SICVT . VMBRA . PRETEREVNT. (Ps. 144, 4. nach der Vulgata.) Da als Sterbetag der Aebtissin Adelheid I. der 14. Januar angegeben wird, so ist dies der Grabstein der ersten dieses Namens, welche am genannten Tage des Jahres 1044 starb, wie schon in dem Calendarium San Servatianum (im Codex dipl. Quedl. von Erath S. 907) richtig angegeben ist, sowie auch von Mooyer (Onomastikon S. 151.), nur daß Letzterer dem Datum noch ein Fragezeichen beifügt, welches nun wegfällt. Wenn Herr v. Heinemann (die Stiftskirche zu Gernrode S. 11) den 3. November 1043 als Sterbetag annimmt, so gibt er die Gründe für den Sterbetag nicht an; wenn er dagegen das Sterbejahr 1043 dem von 1044 vorzieht, weil ihre Nachfolgerin in Gernrode bereits im Februar 1044 vorkomme, so steht dem letzteren durch den jetzt sichergestellten Sterbetag des 14. Januar kein Hinderniß entgegen. Herr Dr. Weiland (Zeitschr. des Harz-Ver. 1875. 476) setzt das Todesjahr, zufolge der Altaicher Jahrbücher, (Pertz Mon. S. S. XX. 802) auf 1045 fest. Da aber ihre Nachfolgerin in Gernrode Hazecha bereits am 22. Februar 1044 urkundlich erscheint, so nimmt er an, daß Adelheid I. für dieses Stift bereits früher entsagt habe. Dies ist an sich nicht wahrscheinlich, und würde die Annahme dieser Entsagung unnöthig sein, wenn die Aussage der Altaicher Jahrbücher nicht als durchaus zwingend erscheint. Es heißt am Schlusse der Ereignisse vom Jahre 1045: Adelheit abbatissa Quittiligenburgensis iisdem temporibus carneis soluta est membris. Die letzte Angabe vorher bezog sich auf ein Ereigniß vom 9. October. Da nun Adelheid, wie wir wissen, bereits am 14. Januar gestorben ist, so paßt jene Bemerkung nicht für das Ende des Jahres 1045, wenn man nicht etwa gar den 14. Januar 1046 annehmen will. Es dürfte daher die Annahme nicht gewagt erscheinen, daß der so entfernt an der Donau schreibende Verfasser die Zeit des Todes nicht so genau wußte, was er selbst auch durch die Worte iisdem temporibus ausdrückte, und daß daher das aus andern Gründen annehmlichere Jahr 1044 als das des Todes der Adelheid festgehalten werden kann.

Die große persönliche Bedeutsamkeit der Aebtissin Adelheid I. ist allgemein anerkannt. Als jüngste Schwester Kaiser Otto III. scheint sie von diesem vorzugsweise geliebt und hochgeachtet gewesen zu sein. Während seiner vielen Abwesenheit aus Deutschland war sie in ähnlicher Weise, wie ihre Vorgängerin und Vaterschwester Aebtissin Mathilde zur Zeit Otto III., und wie schon vorher zu der Otto II., geborne Regentin von Deutschland, so daß damals Quedlinburg als Hauptstadt Deutschlands betrachtet werden kann. Auch ihr Blutsverwandter Kaiser Heinrich II. setzte die Verehrung für sie fort, und er war es, der ihr 1014, nach dem Tode der ersten Aebtissin von Gernrode, Hathui, auch diese Abtei und die damit verbundene von Frose übertrug, sowie auch gleichzeitig die Abtei von Vreden in Westfalen. Auch Kaiser Konrad II., durch weibliche Verwandtschaft ihr gleich nahe verbunden, ehrte sie in ähnlicher Weise. Ihr Einfluß steigerte sich noch dadurch, daß ihre Schwester Sophia seit 1002 Aebtissin des urältesten Familienklosters des Ludolfingischen Kaisergeschlechts zu Gandersheim wurde und mit ihr gemeinsam ihren

Einfluß zur Geltung zu bringen wußte. Der Vollendung der Klosterkirche zu Quedlinburg unter ihrer Herrschaft und deren glanzvoller Einweihung i. J. 1021 ist schon vorher erwähnt worden. Schließlich ward nach dem Tode der Schwester i. J. 1039 ihr auch noch die Abtei Gandersheim übertragen. Als sie am 14. Januar 1044 starb, war sie etwa 66 Jahre alt.

Da sicher datirte Skulpturen aus dieser Zeit zu den Ausnahmen gehören, so würde die Frage, ob wir in dem Grabsteine ein gleichzeitiges Werk, der Aebtissin Adelheid vor Augen haben, durch das Bildwerk allein nicht leicht zu beantworten sein. Beachten wir aber, daß die vorgenannte Inschrift nicht eben einen hochalterthümlichen Charakter zeigt, vielmehr die häufigen runden ϵ, neben den eckigen, auf eine spätere Zeit hindeuten, so gilt ein gleiches auch von dem Ornamentstreifen, der den ganzen Grabstein auf dem nach außen hin abgeschrägten Rande umgiebt. Derselbe kann seiner Bildung nach nur dem XII. Jahrh. angehören, und würde demnach der Grabstein erst einer Erneuerung dieser Zeit seinen Ursprung verdanken.

In derselben westlichen Reihe, von dem vorigen Grabsteine nur durch eine leere Stelle getrennt, bildet den westlichsten der südlichen Reihe eine der vorigen sehr ähnliche Grabplatte (siehe Figur 2). Gestalt und Bekleidung der Aebtissin ist fast ganz identisch mit der vorigen. Nur die Haltung der Hände ist verschieden, indem hier das Evangelienbuch von der Rechten mitten vor der Brust gehalten wird, während die Linke dasselbe unterstützt. Sonst sind die Abweichungen nur ganz unbedeutend: der Rand der weiten Oberärmel ist mit kleinen Kugeln oder Rundscheiben geschmückt; desgleichen eine Litze auf den gleichfalls spitzigen Schuhen. Sonst sehen wir hier dieselbe Steifigkeit der Formbildung, namentlich des Faltenwurfs, bis auf die auch hier nicht fehlenden concentrischen Kreise vor den Knien und dieselbe Rohheit der Gesichtszüge mit den kreisförmigen Glatzaugen; doch ist nicht zu verkennen, daß sie etwas jugendlicher gehalten sind als wie bei der Adelheid. Die Umschrift umher zeigt dieselbe Anordnung und auch der Ornamentstreifen auf der äußeren Abschrägung zeigt ein reiches Muster derselben Stilweise wie bei der Aebtissin Adelheid, obschon das Muster selbst von jenem verschieden ist. Dasselbe gilt auch von dem Inschriftbande. Am Fußende und daneben an der Nordseite lesen wir mit aufgelösten Abbreviaturen: III. IDVS . IVLII . BEATRIX . ABBATISSA . OBIIT. ✝ Sie starb also am 13. Juli. Die übrige Inschrift lautet: CVM . INTERIERIT . HOMO . NON . SVMET . OMNIA . NEQVE DESCENDET . CVM ϵO . GLORIA . EIVS. (Pf. 49, 18.)

Auch hier wechseln runde mit eckigen Formen des E mit einander ab.

Aebtissin Beatrix I. folgte unmittelbar auf Adelheid I. Sie war eine Tochter Kaiser Heinrich III. aus seiner ersten Ehe mit Chunihild, Tochter König Kanut des Großen von Dänemark. Da die Vermälung der Eltern am 29. Juni 1036 geschehen, die Mutter aber bereits am 18. Juli 1038 verstarb (Stenzels Gesch. Deutschl. unter den fränkischen Kaisern I. S. 69. u. II. Stammtafel zu S. 122), so kann Beatrix, als sie zur Aebtissin von Quedlinburg erhoben wurde, eben erst 7 Jahre alt gewesen sein, und wenn sie bereits 1062 wieder verstarb, so hätte sie nur ein Alter von 24 bis 25 Jahren erreicht.

Der Grabstein war bereits zu Anfange des XVIII. Jahrhunderts durch den Ueberbau der Gestühle unsichtbar geworden. Kettner (in seiner Kirchen- und Reformationsgeschichte des Stifts Quedlinburg 1710 S. 291) sagt, daß derselbe die Grabschrift haben solle (folgt die oben angeführte Psalmstelle) und fügt hinzu: „Welche nebst viel andern nicht mehr zu finden, sondern verbauet oder versunken ist." Hieraus geht auch hervor, daß man schon früher den mit jener Inschrift versehenen Grabstein für den unsrer Aebtissin Beatrix I. hielt, was auch dadurch erwiesen wird, daß in der Reihe der Quedlinburger Aebtissinnen nur noch eine zweite des Namens vorhanden war, welche von 1138 bis 1160 regierte und wie wir aus ihrem Leichensteine wissen, in dem von ihr gegründeten Kloster Michaelstein bei Blankenburg begraben lag (Leuckfeld antiquit. Michaelstein. 30). Es kann hiernach keinem Zweifel unterliegen, daß der Todestag der Aebtissin Beatrix I. der 13. Juli war, während z. B. Mooyer den 2. April annimmt.

In der nördlichen Reihe, der zweiten von Osten, liegt ein Grabstein, welcher mit den beiden vorgenannten wieder in Anordnung, Tracht und Stylweise absolut übereinstimmt (siehe Figur 3). Die beiden Hände halten hier das Evangelienbuch unterhalb der Brust gemeinschaftlich, treten aber nur wenig aus den lang herabhängenden Aermeln herab, deren Rand genau wie bei denen der Aebtissin Beatrix gemustert ist. Auch die Schuhe sind mit den ihren identisch. Der untere Gewandsaum ist mit Vierblättern leicht gemustert. Das Gesicht ist zerstört. Unten am Fußende steht die Inschrift: III idvs Janvarii Hathelheid Abbatissa obiit. Auf den drei übrigen Seiten steht auf der inneren Platte die Inschrift: ✝ Homo sicvt fenvm; dies eivs tamqvam flos agri, sic efflorebit ✝. (Pf. 103, 15.) Auch hier ist das Ornament auf dem nach außen schrägab abfallenden Streifen dem der beiden vorigen Grabsteine ähnlich, obschon im einzelnen verschieden gebildet. Es ist keinem Zweifel unterworfen, daß dies die Grabplatte der zweiten Adelheid ist, Schwester der Beatrix und deren unmittelbare Nachfolgerin. Sie war die Tochter Kaiser Heinrich III. aus seiner zweiten Ehe mit Agnes von Poitou, mit der er sich Ende November 1043 vermälte (Stenzel I, S. 94). Adelheid soll 1048 geboren sein (Stenzel II, Stammtafel zu S. 122) und wäre also 14 Jahre alt gewesen, als durch den Tod ihrer Schwester die Abtei Quedlinburg i. J. 1062 erledigt wurde. Urkundlich erscheint sie zuerst am 25. Julii 1063 (Erath S. 64). Wahrscheinlich nannte Heinrich IV. sie in der

Urkunde seine Schwester; das Wort *sororis* ist aber verschwunden und nur nostrae von ihrem Titel übrig geblieben, wie sie denn auch von verschiedenen Chronikanten ausdrücklich als Heinrich IV. Schwester genannt wird (s. das Nähere in Fritsch Gesch. v. Quedlinburg I, 96. u. Weiland).

Der Aebtissin Adelheid II. war eine längere Regierung wie ihrer älteren Schwester verliehen, indem sie erst gegen Ende des Jahrhunderts starb, am wahrscheinlichsten 1095 (s. Fritsch a. a. O. S. 102 u. Weiland) und zwar zufolge unsers Grabsteins am 11. Januar, und nicht am 4. desselben Monats, wie bisher angenommen wurde. Auch sie stand zugleich dem Stifte Gandersheim vor, wie neuerlich erwiesen worden ist, was man früher nur als wahrscheinlich erachtete (s. Leuckfeld antiq. Gandersh. 231, Fritsch a. a. O. u. Weiland).

Unter ihrer Regierung betraf die Quedlinburger Kirche der verderbliche Brand d. Js. 1070, dessen wir oben bereits ausführlicher gedacht haben. Wie viel Antheil ihr etwa an Wiederherstellung der Kirche gebührt, ist durchaus nicht festzustellen, da wir über letztere keine andre Nachricht als wie die der Einweihung i. J. 1129 haben.

Ein vierter Grabstein (siehe die Abbildung Fig. 4), der den vorgenannten sehr ähnlich gewesen zu sein scheint, befindet sich in der Mitte der östlichen Reihe. Derselbe ist aber völlig zerstört und zertreten und nur noch der Charakter des denselben umgebenden romanischen Ornamentstreifens einigermaßen zu erkennen, der den vorigen entspricht. Der innere Rand scheint niemals eine Inschrift gehabt zu haben; wenigstens erkennt man jetzt nirgend eine solche, weshalb es auch unmöglich ist, sicher zu bestimmen, welcher Aebtissin zu Ehren dieser Stein gelegt worden ist.

Die große Uebereinstimmung der vorgenannten Grabsteine in Form, Kunstweise, Kostüm und der ganzen Erscheinung, läßt wohl die Annahme gerechtfertigt erscheinen, daß sie gleichzeitige Arbeit sind. Zwar liegt die Sterbezeit der drei genannten Aebtissinnen nicht soweit auseinander (wahrscheinlich funfzig Jahre), daß man nicht berechtigt wäre, eine ziemliche Uebereinstimmung vorauszusetzen; doch ist der Stil namentlich des Ornamentwerks so entschieden der bereits ausgebildet romanische, daß die Anfertigung desselben im XI. Jahrhundert undenkbar ist, derselbe vielmehr entschieden den Charakter des XII. trägt. Da liegt die Annahme sehr nahe, daß beim Brande von 1070 auch die Gräber der Aebtissinnen inmitten der Kirche zerstört und erst später wieder erneuert wurden, wo man denn gleichzeitig auch den Grabstein der letztverstorbenen zweiten Adelheid hinzufügte. Voraussichtlich geschah dies erst am Ende des ganzen Herstellungsbaues, vielleicht erst nach der Einweihung von 1129. Damals regierte wahrscheinlich seit 1125 die Aebtissin Gerburg, welche als vorzugsweise thätig und tüchtig gepriesen wird. Es wäre daher nicht unwahrscheinlich, daß sie nach Vollendung der Kirche auch die Grabstätten ihrer Vorgängerinnen in so prachtvoller Weise erneuern ließ, wie wir sie gegenwärtig vor Augen sehen. Es ist hierbei aber nicht zu verkennen, daß Gerburg nicht vor dem Jahre 1134 genannt wird, wie überhaupt keine Aebtissin von Quedlinburg seit dem letzten Auftreten Adelheids II. i. J. 1090 oder 1091, und es nur auf neueren Combinationen beruht, daß etwa seit dem Tode der letzteren bis 1125 Agnes I. den Zwischenraum ausfüllt. Nur Münzen lassen ihr Verhältniß zu Quedlinburg erkennen, während sie in Gandersheim seit etwa 1110 bis 1125 erscheint. Sie gilt mit großer Wahrscheinlichkeit für eine Enkelin Kaiser Heinrichs III. durch seine an Herzog Wladislaw von Polen vermälte Tochter. Bei dem verwandtschaftlichen Verhältniß zu ihren Vorgängerinnen ist es nicht zu verkennen, daß die Annahme der Herstellung von deren Grabmälern grade durch sie fast noch annehmlicher erscheint, als wie die durch ihre Nachfolgerin. Vielleicht ließ sie oder Gerburg dann auch noch den eignen Grabstein schon bei Lebzeiten anfertigen, dem die undankbare Nachwelt, wie so häufig, die noch leer verbliebene Inschrift hinzuzufügen vergaß und den die spätere Zeit sogar so arg behandelte, daß er jetzt den traurigen Anblick gewährt, den wir schon oben geschildert haben. Der ersten Hälfte des XII. Jahrhunderts wird er, dem Stile nach, jedenfalls angehören.

Daß man in späterer Zeit die Grabmäler aus einer früheren erneuerte und sie dann dem herrschenden Stile gemäß bildete, ist namentlich dann nicht ungewöhnlich, wenn das Gebäude, in dem sie sich befinden, inzwischen zerstört worden war. Die Denksteine der Landgrafen von Thüringen in Reinhardsbrunn (Abbildungen in Heideloffs Ornamentik des Mittelalters, Heft VIII u. IX) beweisen durch ihre Kostüme, daß die Darstellungen der Fürsten des XII. Jahrhunderts erst nach dem großen Brande von 1292 ausgeführt sein können, da die Trachten durchaus denen des XIV. Jahrhunderts angehören, und selbst bis ins XV. hineinreichen. Auch die Grabmäler der älteren Erzbischöfe von Cöln in den Kapellen des Chorumganges gehören erst in die Zeit nach Einweihung des Doms i. J. 1321. In gleicher Weise wird auch die Aebtissin Agnes I. oder Gerburg nach Vollendung der erneuerten Kirche zu Quedlinburg für die Neuherstellung der Grabdenkmäler ihrer hohen Vorgängerinnen gesorgt haben, wenn sie nicht wenigstens einen Theil dieser Sorge ihrer Nachfolgerin Beatrix II. überließ. Das Grab der letzteren (sie regierte von 1138 bis 1160) befand sich, wie schon oben gesagt wurde, laut der von Leuckfeld aufbewahrten, wenn auch allerdings nicht ächten Inschrift in dem von ihr erneuerten Cistercienser Kloster Michaelstein bei Blankenburg, war aber schon von Anfange des XVIII. Jahrhunderts nicht mehr vorhanden, und wohl schon im Bauernkriege mit dem ganzen Kloster zerstört worden.

In die leere Stelle, welche die Mitte der Westreihe einnahm, ist bei der Herstellung der Kirche ein Grabstein niedergelegt worden, der bis dahin an der Außenwand des südlichen Seitenschiffes, nahe dem Querschiffe, aufgerichtet stand und jetzt in würdigster Weise die Reihe der fürstlichen Aebtissinnen vervollständigt (siehe die Abbildung

Fig. 5). Die ſehr einfache Geſtalt wird von einem langherabhängenden Mantel umgeben, der nur an den Seiten etwas nach außen zu umgebogen, nach unten in wenigen aber harmoniſchen Falten hinabfällt, während an der linken Hand, welche das Evangelienbuch vor der Bruſt hält, der in der Mitte tief herabhängende Aermel hervortritt und darunter die einfachen Linien des Untergewandes ſichtbar werden. Ebenſo einfach ſchöne Falten wirft das vom Kopfe zu den Schultern herabhängende Kopftuch. Der Kopf liegt auf einem viereckigen Kiſſen. So einfach Alles gehalten iſt, ſo künſtleriſch vollendet erſcheint das Ganze und bezeugt die hohe Stufe der Kunſt zur Zeit der Entſtehung dieſes Kunſtwerkes am Anfange des XIII. Jahrhunderts. Die Dargeſtellte iſt die Aebtiſſin Agnes von Meißen (1184 bis 1203), wie aus der Umſchrift erhellt, welche alle vier Seiten umgibt, von der jedoch leider der im Fußende befindliche Theil nicht mehr vorhanden iſt. Der erhaltene Theil der Umſchrift lautet, mit Auflöſung der Abbreviaturen: + Spiritvs Agnetis teneat loca certa qviet(is ... nil) perhorrescat, in pace div reqviescat. Außer einer reichen Profilirung zu beiden Seiten des Inſchriftſtreifens blieb der Stein ſonſt ohne jeden andern bildlichen Schmuck.

Da der Grabſtein niemals verdeckt war, ſo iſt ſein Kunſtwerth bereits früher gewürdigt worden, und iſt es namentlich wieder Kuglers Verdienſt, die Vorzüglichkeit der Skulptur zuerſt anerkannt zu haben (a. a. O. S. 23). Auch ich habe ſie gelegentlich (Kunſtbl. 1845. 222) hervorgehoben, um die in verwandtem Stile gebildeten ſo ſehr hervorragenden Bildwerke in der Liebfrauenkirche zu Halberſtadt nach jener ſicher datirten Skulptur hiſtoriſch feſtzuſtellen.

Wenn die Inſchrift auch keine Angabe des Todestages der Aebtiſſin Agnes giebt, ſo kann es doch keinem Zweifel unterliegen, daß ſie ſich auf die i. J. 1203 geſtorbene Aebtiſſin Agnes bezieht, die Tochter des auf dem Petersberge bei Halle, ſeiner Stiftung, 1157 verſtorbenen Markgrafen Konrad von Meißen. Sie lebte vorher im Kloſter Gerbſtädt, der älteſten Stiftung des Wettiniſchen Fürſtenhauſes.

Der ſtiliſtiſche Unterſchied zwiſchen dieſer edelſten Geſtalt und den vorhergehenden ſo ſteifen wie rohen Figuren, welche um die Zeit, wo die erſte Agnes regierte, d. h. am Anfange des XII. Jahrhenderts, entſtanden ſind, zeigt deutlich genug den bedeutenden Fortſchritt, den die Kunſt während faſt eines Jahrhunderts gemacht hat.

Da ihr Vater bereits 47 Jahre vor ihr ſtarb, ſo kann ſie bei ihrem Tode nicht mehr jung geweſen ſein, und dürfen wir in dem trotz Zerſtörungen noch immer ſchönen Geſichte des Leichenſteins weniger ihr Bildniß als eine conventionelle Formbildung erblicken, wie ſolche in jener Zeit überhaupt die Regel geweſen iſt.

Die großen Verdienſte dieſer Aebtiſſin um Hebung des Stifts ſind von Fritſch (a. a. O. S. 119) näher ausgeführt worden, der auch bereits ihre Wirkſamkeit für Hebung der Kunſt, namentlich durch ihre Nonnen, hervorhebt, was dann von Kuglern (a. a. O. S. 134, 143 und 148) an noch vorhandenen Kunſtwerken, namentlich der Goldſchmiedekunſt und an gewirkten Teppichen, nachgewieſen iſt. Es iſt daher nur gerecht, daß ihr ſelbſt ein ſo kunſtvolles Denkmal geſetzt wurde, das ſie vielleicht ſelbſt noch bei Lebzeiten hat anfertigen laſſen.

Der Grabſtein in der nordöſtlichſten Ecke (ſiehe Fig. 6) zeigt in der Mitte eine ziemlich bewegte Geſtalt in ſtarkem Relief, welche mit dem Kopfe auf einem Kiſſen ruht, während die Füße auf einer reich gegliederten romaniſchen Blume aufſtehen. Auch dieſe Aebtiſſin iſt mit einem bis zu den Füßen tief herabwallenden, in der Mitte offenen Mantel umgeben, deſſen Ränder bewegt zur Seite überſchlagen und von den in der Mitte zuſammengehaltenen Händen in reichen Falten zuſammengefaßt werden. Unter dem geöffneten Mantel ſieht man das in einfachen Falten glatt zu den Füßen hinunterhängende Untergewand, das unter der Bruſt durch einen einfachen Gürtel umſchloſſen iſt. Ein Schleier fällt vom Haupt zur Schulter herab. Das Geſicht iſt leider bis zu den Augen hinauf völlig zerſtört. Auf dem Rande ſteht die Inſchrift: + Qvi transis cerne, qvid eram, quid sim; vaga sperne ⨯ mvndi, namqve levis, sic transsit gloria qvevis +.

Runde Buchſtaben herrſchen ſchon ſehr vor. Der äußere Rand wird durch ein Ornament geſchmückt, das zwar noch romaniſche Formen zeigt, aber bereits in ſo manierirter Ausbildung, daß kaum noch ein Stil darin zu erkennen iſt.

Leider finden wir nirgend eine Andeutung des Namens der Dargeſtellten, was mir um ſo mehr bedauern müſſen, als das Bildwerk ſelbſt von hervorragendem Verdienſte iſt. Die ganze lebendige Haltung der Figur, der energiſche und durchaus wohl verſtandene Faltenwurf namentlich des Obergewandes, welcher ſelbſt die darunter befindliche Körpergliederung durchſcheinen läßt, weiſen dieſes Kunſtwerk der beſten Zeit der Skulptur zu. Wir wüßten demſelben kein andres ſo nahe zu vergleichen, als wie die Figur der Mathilde, Gemalin Herzog Heinrich des Löwen, im Dome zu Braunſchweig, wo wir dieſelbe, ſo zu ſagen dramatiſche, Darſtellung wieder finden, ſo daß es nahe liegt, bei der nicht großen Entfernung dieſer Orte von einander, beide Kunſtwerke demſelben Künſtler zuzuſchreiben.

Wenn es hiſtoriſch feſtſteht, daß die Herzogin Mathilde 1189 und ihr Gemal 1195 geſtorben ſind, ſo iſt damit noch keineswegs die Errichtung des ſo reich ausgeſtatteten Doppelmonuments unmittelbar nach dem Tode der erſteren oder des letzteren ausgeſprochen. Es iſt dies um ſo unwahrſcheinlicher, als unmittelbar vor dem Tode des Herzogs, am 26. Juli 1195 der Dom, bald nach ſeiner Einweihung vom Blitz getroffen, abbrannte und daher, wenn dies Denkmal ſchon vorhanden war, dies vorausſichtlich vom Feuer gelitten haben würde. Nach dem Brande hatte man aber weniger an Errichtung eines Prachtdenkmals zu denken, als an die Herstellung der Kirche selbst, welche so schnell nicht zu Stande kam, da die Wiedereinweihung erst am 29. December 1227 erfolgte. [1] Daß die reiche Ausschmückung des Doms mit großartigen Wandmalereien erst in dieser Zeit erfolgte, ist dadurch nachgewiesen, daß einen Theil derselben die Geschichten des heiligen Thomas von Canterbury bilden, der den älteren Titularheiligen der Kirche erst bei der neuen Weihe von 1227 hinzugefügt wurde. Es ist daher nur durchaus wahrscheinlich, daß die Errichtung des Denkmals der Stifter erst damals, wahrscheinlich sogar erst nach Vollendung und Einweihung der Kirche, erfolgte, welche letztere man ja stets gern zu beschleunigen sich bestrebte; wie wir solches auch in Bezug auf die Erneuerung der Grabmäler der ersten Aebtissinnen nach der Neueinweihung der Quedlinburger Kirche i. J. 1129 annahmen. Hiernach würde die Ausführung der Braunschweiger Skulpturen um das erste Viertel des XIII. Jahrhunderts fallen, womit auch Schiller und Schnaase (V. 762) übereinstimmen.

Das in Rede stehende Grabmonument zu Quedlinburg wäre daher gleichfalls dieser Zeit zuzuschreiben. Betrachten wir demnach die Aebtissinnen, welche zu jener Zeit hier regierten, so finden wir Sophia, Tochter des Grafen von Brena, Nichte der Aebtissin Agnes, von 1203 bis Ende 1224, wo sie wegen schlechter Verwaltung entsetzt wurde und Bertrada als electa neben ihr erscheint. Sophia als abbatissa und Bertraba (Edle von Krosugk) als electa kommen zuletzt 1225, 26. September, gemeinschaftlich neben einander vor, und seit 1227 Bertraba als Aebtissin allein, ohne daß man erfährt, ob Sophia bereits verstorben ist. Die letzte Urkunde der Bertraba datirt von 1229, die erste ihrer Nachfolgerin Cunigundis von Kranichfeld und Kirchberg von 1230, und deren letzte von 1231. Vom 1. August 1230 an erscheint schon Osterlindis, Gräfin von Falkenstein bis nach dem 2. März 1232. Von 1233 beginnt dann die sehr lange Regierung der Aebtissin Gertrud von Amfurt.

Wenn wir anzunehmen haben, daß das in Rede stehende Grabdenkmal einer der vorgenannten Aebtissinnen angehören wird, deren Todestag zwischen 1225 und 1233 fällt, also der Zeit entspricht, welche wir für Anfertigung des Grabmals als die wahrscheinlichste erkannt haben, so fragt es sich, welche von ihnen etwa den meisten Anspruch darauf hätte. Sophia von Brena würde wegen ihrer vornehmen Geburt und der Länge ihrer Regierung hierbei wohl vor allen andern den Vorzug verdienen, wenn nicht ihre spätere Absetzung und die Ungewißheit über Zeit und Ort ihres Todes es doch wieder zweifelhaft machten. Die Kürze der Regierung ihrer drei nächsten Nachfolgerinnen, und die verhältnißmäßig weniger vornehme Herkunft derselben, sind denselben in Bezug auf das hervorragende Denkmal weniger günstig. Kettner sagt (a. a. O. S. 291): „Von der andern (nach Agnes von Meißen) Epitaphiis findet man in der Kirche S. Servatii und in alten Chroniken keine Nachricht, außer daß Sophia von Hadmersleben und Elisabeth von Kirchberg sollen in der Mitte der Kirchen liegen, es ist aber alles verbaut, viel Leichensteine sind zerbrochen, ausgetreten, versunken und versetzet, manche Aebtissen sind nach auswärts bei ihren Freunden begraben, rc." Eine Sophia von Hadmersleben hat es unter den Aebtissinnen von Quedlinburg niemals gegeben, sondern nur eine Sophia von Brena, die einzige ihres Namens; es liegt daher eine Verwechselung sehr nahe. Auch eine Elisabeth von Kirchberg finden wir in keinem Verzeichnisse, sondern nur die vorgenannte Cunigundis von Kranichfeld und Kirchberg und in späterer Zeit, 1380—1405, Irmgard, Gräfin von Kirchberg, sowie unter den Elisabeths die erste von Hakeborn (1362—1375) und die zweite von Meinstein (1574—1584). Von letzteren allen kann bei unserem Grabsteine natürlich nicht die Rede sein, und es ist daher immer noch am wahrscheinlichsten, daß die Aebtissin Sophia von Brena trotz ihrer Zerwürfnisse und späteren Entfernung aus dem Stifte, später persönlich in friedlicheren Verhältnissen zu demselben stand und hier ihre Grabstätte fand. Auch der Mangel einer persönlichen Beziehung auf die Dargestellte in der Grabschrift fände so die natürlichste Erklärung.

Gleichfalls von hervorragender künstlerischer Bedeutsamkeit ist der östlichste Grabstein in der südlichen Reihe (siehe Figur 7). Auch hier wird die ruhig liegende Gestalt von einem vorne offenen Mantel umgeben, der um die Arme in schönen Falten zusammengefaßt ist. Zur Linken schiebt er sich mehr zurück, und läßt bis zu den Füßen hin das Untergewand sichtbar, das aber fast ganz durch ein langes und breites Spruchband verdeckt wird, das beide Hände unter der Brust vor sich hin halten. Ein Schleier fällt vom Haupte in weiten Falten frei herab und derselbe oder ein andres weites Tuch umschließt den Hals in ziemlichen Falten, so daß nur das schöne und milde Gesicht frei bleibt. Die ganze Gestalt ist von hoher Zartheit und Schönheit umflossen und bildet einen würdigen Abschluß

---

1) Ich bemerke hier beiläufig, daß Dr. Schiller (die mittelalterl. Arch. Braunschweigs 1852. S. 13) und nach ihm Schnaase (V. 328) meine (im deutschen Kunstblatte 1850 Nr. 31) gelegentlich gegebene Ansicht über die Einwölbung des Doms zu Braunschweig falsch verstanden haben. Daß derselbe von vorne herein auf Gewölbe angelegt war, ist mir stets bewußt gewesen, wie ich solches auch anderwärts (die Entwickelung d. kirchl. Bauk. des Mittelalters 1858 S. 18) weiter ausgeführt und durch Zeichnungen erläutert habe. Es kam aber bei jener gelegentlichen Anführung nicht darauf an, dies vollständig auszuführen, als vielmehr den Nachweis zu liefern, daß die jetzigen Gewölbe erst dem Herstellungsbaue nach dem Brande von 1195 angehören, der dann erst 1227 geweiht wurde. Es sind nicht allein die Spitzbögen der Gewölbe, welche dies beweisen, sondern auch die spitzbogigen (östlichen) Dreiblattfenster des Mittelschiffs, welches letztere Schiller (Ueberblick der mittelalterl. Architektur Br. 1863. S. 7) später selbst anerkannt hat.

der Reihe von ausgezeichneten Bildnißstatuen, welche mit der Aebtissin Agnes am Anfange des XIII. Jahrhunderts begann.

Zu jeder Seite des Hauptes und des Kopfkissens, auf dem dasselbe ruht, ist ein kleiner schwebender Engel angebracht, welcher ein Rauchfaß schwingt, während die Füße der Aebtissin auf einem Adler ruhen, der mit verschiedenen Ungethümen zu kämpfen scheint, die unter seinen Krallen am Boden herumkriechen. Mit der Rechten packt er einen Löwen mit Schlangenschwanz, mit der Linken einen Drachen, welcher ein Wickelkind im Maule hat. Die Umschrift ist zwar zum Theil etwas verletzt, doch nicht so, daß der Inhalt nicht völlig deutlich wäre. Unten lesen wir nach Auflösung der Abkürzungen: XII idus Octobris obiit Gertrvdis Abbatissa. Auf den drei andern Seiten stehen die leoninischen Verse: + Hic sita cunctorum Gertrudis forma bonorvm; cvm grege sanctorvm requiescat in arc[a dol] [oder e pol]orvm. Ferner finden wir in zwei Reihen auf dem Schriftbande, das Gertrud in Händen hat: sis michi magne Devs, precor, eternvs jvbilevs.

Da es zu Quedlinburg nur eine Aebtissin Gertrud gegeben hat, so ist es keinem Zweifel unterworfen, daß wir hier ihren Grabstein vor Augen haben. Sie war aus dem Hause der Dynasten von Amfurt und eine nahe Verwandte des berühmten Grafen Hoyer von Falkenstein, damaligen Schutzvogts des Klosters, dessen Einfluß wohl eine Hauptveranlassung war, sie zur Aebtissin zu erheben, um durch ein tüchtiges Regiment die Unordnungen zu beseitigen, welche schon seit längerer Zeit des Klosters Wohl beeinträchtigt hatten. Gertrudis de Anvorde erscheint 1227 zuerst als Canonica und 1233 als Aebtissin und regierte bis 1270, 37 Jahre lang, in segensreicher Weise. Ihr Todestag war bisher unbekannt. Unser Grabstein gibt den 12. Tag vor den Iden des Oktobers an, was auf den 4. dieses Monats fällt, wenn man die zwischen ausfallenden Nonen nicht mitrechnet.

Dieses Grab ist ein würdiger Abschluß der langen Reihe von Aebtissinnen, welche theils durch ihre vornehme Geburt, theils und zugleich auch durch ihre persönlichen Verdienste eine hervorragende Stellung einnahmen und nun auch in so ausgezeichneten Denkmalen der Nachwelt sich erneuert wieder vor Augen stellen, von denen die drei letzten auch in künstlerischer Beziehung als ausgezeichnete Werke der Bildnerkunst des XIII. Jahrhunderts unsre Aufmerksamkeit in Anspruch nehmen, während die anderen den ältesten und vornehmsten unter allen Aebtissinnen gewidmet sind. Ihnen schließen sich noch zwei andre Grabsteine an, welche zwar gleichfalls das Grab von Aebtissinnen decken, die aber durch einen größeren Zeitraum von jenen getrennt werden, und namentlich in künstlerischer wie kunsthistorischer Hinsicht mit den vorgenannten nicht zu vergleichen sind.

Die ganze Mitte der südlichen Reihe, wo die nördliche deren zwei hat, wird nur durch einen einzigen größeren und breiteren Grabstein eingenommen, der den Platz in sehr unregelmäßiger und wenig harmonischer Weise ausfüllt. Er deckt das Grab der Aebtissin Adelheid IV. von Isenburg. Die Verdienste derselben um das Stift, namentlich ihre erfolgreichen Bemühungen, um bei Papst und Kaiser die Vorrechte desselben wieder zur Geltung zu bringen, sind anderwärts mit Recht rühmend geschildert worden. Der Grabstein hat nur einen geringen historischen und in künstlerischer Beziehung fast nur einen negativen Werth. Unter einem ziemlich flachen geschweiften Bogen sehen wir nur wenige Conturen des Kopfs und noch wenigere der Gewandung und vielleicht auch eines Krummstabes dem einfach glatten Steine eingravirt, dessen Umrandung in spätgothischen Minuskeln nur noch Reste einer Inschrift zeigt: Año dñi m cccc xli feria Tercia fef to Sti gregorii obiit inf(ignis) dña dña . . . . abbatiffa cui' aia requiefcat I pace. Leider fehlt grade der Name der Aebtissin in der Inschrift; doch ist, wegen des sonst bekannten Sterbejahres, an der Identität nicht zu zweifeln. Adelheid IV. von Isenburg regierte von 1405 bis 1434, wo sie resignirte. Ihr Tod erfolgte erst 1441, wo sie zufolge des Calendariums San Servatiani bei Erath S. 908 am 15., nach der Grabschrift aber am 14. März starb. Nach Winnigstedts handschriftlicher Chronik (bei Fritsch I, 194) soll sie im Münster begraben liegen, was durch den jetzt wieder aufgefundenen Grabstein bestätigt wird. Wenn sie außer der Wahrung der stiftischen Rechte auch die der abteilichen mit Ernst wahrnahm und dadurch in Streitigkeiten mit der Decanissin und Küsterin gerieth, welche selbst zu einem förmlichen Prozesse führten, so mag dieser Unfrieden wohl zu ihrer Resignation beigetragen haben. Daß dies ihr späteres Begräbniß an der Ehrenstelle der Kirche nicht hinderte, dürfte auch auf die mehr wie zwei Hundert Jahre ältere Sophie von Brena Anwendung finden und geeignet sein, die aus ihrer Resignation hergeleiteten Gründe gegen ihre Beisetzung in der Stiftskirche zu beseitigen.

Der letzte in dieser Gruppe vorhandene Grabstein (s. unten Fig. 8) ist der der Aebtissin Anna von Plauen, welche der Adelheid von Isenburg unmittelbar folgte und bis 1458 regierte. Er liegt in der nördlichen Reihe als der zweite von Westen. Auch dieser Grabstein weicht von den übrigen nicht unwesentlich und nicht vortheilhaft ab, indem er weniger lang, mehr breit und oben von beiden Seiten willkürlich abgeschrägt ist. Die Tracht dieser Aebtissin ist dieselbe, wie bei den vorgenannten: der Mantel bis zu den Füßen hinabgehend, welche auf einem hinschreitenden Löwen stehen, aber durch die überhängenden Mantelfalten verdeckt werden. Vor dem Löwen ist ein unten runder Schild etwas schräg aufgestellt, mit dem Bilde eines nach rechts gekehrten heraldischen Löwen. Das hinter dem Aufschlage des Mantels sichtbar werdende Untergewand ist gegürtet und sehr schlicht gehalten, wie auch das den Hals deckende Tuch, während der Kopfschleier in zierlichen Falten auf die Achseln herabsinkt. Die linke Hand wird vor der Brust sichtbar, die rechte streckt sie etwas darunter aus dem Mantel hervor: beide sind verhältnißmäßig plump gestaltet, was auch von der ganzen Figur gilt, die zu breit gerathen ist und nirgend die Körperform unter der Gewandung hindurchschimmern läßt. Die Skulptur ist nur in flachem Relief und mit einer gewissen Nachlässigkeit ausgeführt. Die Umschrift ist in spätgothischer Minuskel und lautet, nach Auflösung der Abkürzungen: anno domini M. cccc lvii. die sabbati, XIIII mensis Januarij obiit venerabilis domina anna de plawe abbatissa huius ecclesie, cuius anima requiescat in pace amen. Auch nach Winnigstedt (bei Fritsch I, 201) starb sie an jenem Tage und liegt im S. Servatii-Münster begraben.

Es lag nahe, daß man, nach Auffinden dieser Grabstätten, den Wunsch hegte, auch die unter den Denksteinen etwa noch vorhandenen Gräber näher zu untersuchen. Da die hier Begrabenen aber zum großen Theile den vornehmsten Kaiser- und Fürstengeschlechtern angehörten, welche in Deutschland regiert haben, so glaubten die Behörden eine solche Ausgrabung nicht ohne die Allerhöchste Genehmigung ausführen zu dürfen; diese ist aber nicht erfolgt, und die nähere Untersuchung daher zunächst unterblieben. Dagegen ist es gelungen, trotz vielfachen Widerspruchs aus Nützlichkeitsgründen, daß die Grabsteine in der gefundenen Anordnung inmitten der Kirche verblieben sind, und so in ihrer Zusammengehörigkeit um so nachdrücklicher ihre Bedeutsamkeit erkennen lassen. Dies ließ sich besonders dadurch leichter ausführen, daß man den ganzen untern Raum der Kirche nicht wieder mit festem Gestühle verbaute, sondern mit losen Bänken in stilgemäßen Formbildungen besetzte, wie solches schon vorher in dem benachbarten Gernrode mit großem Erfolge ausgeführt worden war. Außer der Gräbergruppe, welche durch ein einfaches Gitter leicht abgeschlossen wurde, erscheinen nun auch die Basen der Säulen und Pfeiler zu beiden Seiten des Schiffs ohne alle störende Verdeckung.

Die nächstfolgende Aebtissin Hedwig von Sachsen, welche 1511 starb, wählte vor dem Eingange zur Krypta ihre Grabstätte. Sie hatte ein sehr bewegtes Leben während ihrer langen fast 53 jährigen Regierung, deren erste 7 Jahre sie allerdings unter der Vormundschaft ihres Vaters, des Kurfürsten Friedrich II. von Sachsen bis zu dessen Tode 1464 sich befand, worauf ihr ältester Bruder, Kurfürst Ernst, ihr zur Seite stand. Dessen und seines Bruders, Herzog Albrechts kräftiger Hülfe verdankte sie es dann auch, daß sie in dem Kampfe gegen die Anmaßungen des Bischofs von Halberstadt, der sich voigteiliche Rechte über das Stift anmaßte, und gegen die Stadt Quedlinburg, welche sich vom Stifte völlig frei machen wollte, siegreich hervorging, jener seinen Ansprüchen völlig entsagen, diese aber die unbedingte Huldigung leisten mußte. Allerdings konnte sie es nicht vermeiden, daß ihre Befreier nun die vogteilichen Rechte in größerem Umfange in Anspruch nahmen, was dann schließlich mit einer fast landesherrlichen Oberhoheit endete.

Der Grabstein Nr. 10, welcher niemals verdeckt war, ist sehr gut erhalten. Die Gestalt ist fast ganz von einem mantelartigen Obergewande bedeckt, das in großen und edlen Falten vom Halse bis zu den Füßen herabfällt, von denen die Spitze des rechten nur wenig sichtbar wird. Die betend zusammengehaltenen Hände treten frei hervor; vom rechten Unterarme hängt ein Rosenkranz herab. Eine etwas wunderliche Haube überdeckt das sonst noch ziemlich jugendliche Gesicht. Da die Aebtissin bei ihrem Tode 66 Jahre alt war, so wird man keine Porträtähnlichkeit voraussetzen dürfen, indem der Einwand, das Denkmal sei schon früher bei ihren Lebzeiten angefertigt worden, nicht zulässig ist, weil sonst Todestag und Jahr erst nachträglich hinzugefügt worden wären, was offenbar nicht der Fall ist.

Die auf einem consolenartigen Vorsprunge stehende Gestalt tritt kräftig aus der sie umgebenden Vertiefung hervor. Letztere ist, außer dem Inschriftbande, nur noch von einer schmalen spätgothischen Umrahmung umgeben. Die Inschrift in spätgothischer Minuskel lautet: Anno domini MDXI. XIII | die mensis Junij obijt Illustrisima domina Hedewigis de | domo [1] ducum Saxonie nata | Abbatissa huius ecclesie cuius anima requiescat in pace Amen. Auf den vier Ecken liegen etwas schräg nach innen geneigte Wappenschilde. Das erste obere rechts zeigt das sächsische Wappen, über der Balkentheilung den etwas gebogenen, schräglinks gelegten Rautenkranz; der obere links die östreichische Binde, weil ihre Mutter Margareta († 1486) die Tochter Ernst des Eisernen von Oestreich und der Zimburga von Masovien war, deren Wappen, der polnische Adler, sich unten zur Linken befindet, während das 4schildrige Braunschweigische Wappen unten zur Rechten sich auf die Mutter ihres Vaters, Katarina von Braunschweig, Gemalin Friedrich I. des Streitbaren von Sachsen, bezieht. Die nach links geneigten Schilde der rechten Seite zeigen die Wappenschilder, nach alter Sitte, in umgekehrter Richtung wie gewöhnlich.

Hedwig von Sachsen ist die letzte Aebtissin, deren Grabstein noch die Kunst des Mittelalters zeigt. Wegen der übrigen zum Theil sehr reichen Prachtdenkmale müssen wir auf die Beschreibung von Fricke in dem Kugler-Rankeschen Werke verweisen.

---

1) So lautet das in der Abbildung entstellte Wort auf dem Sandstein des Grabmals nach gütiger Auskunft des Herrn Dr. Düning vom 19. Dezember 1876.

E. 3.

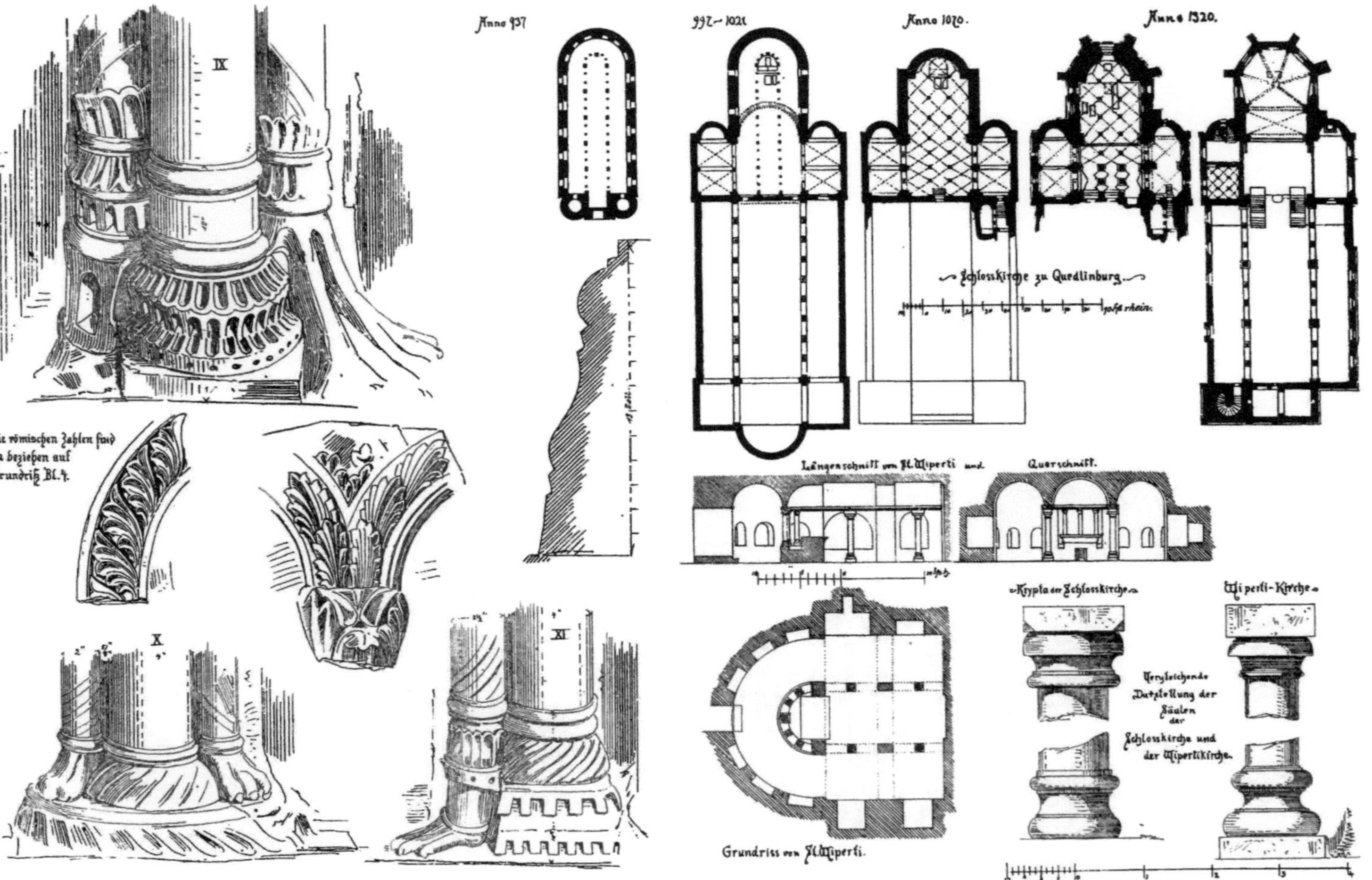

Anno 937
992—1021
Anno 1070.
Anno 1320.
Schlosskirche zu Quedlinburg.
Längenschnitt von St. Wiperti und
Querschnitt.
Krypta der Schlosskirche.
Wiperti-Kirche.
Vergleichende Darstellung der Säulen der Schlosskirche und der Wipertikirche.
Grundriss von St. Wiperti.
Die römischen Zahlen sind zu beziehen auf Grundriß Bl. 4.
IX
X
XI

Details der Stuckarchitekturen der Altargruft.
Krypta Quedlinburg

Capitaele der Neben-zäulen.

Muthmaßliche ursprüngliche Gestalt der Kirche Heinrich I.
mit der 1867 aufgefundenen Gruft.
Zum besseren Verständniß der Architektur ist der wirkliche Sarg des Heiligen nicht in der Gruft angegeben.

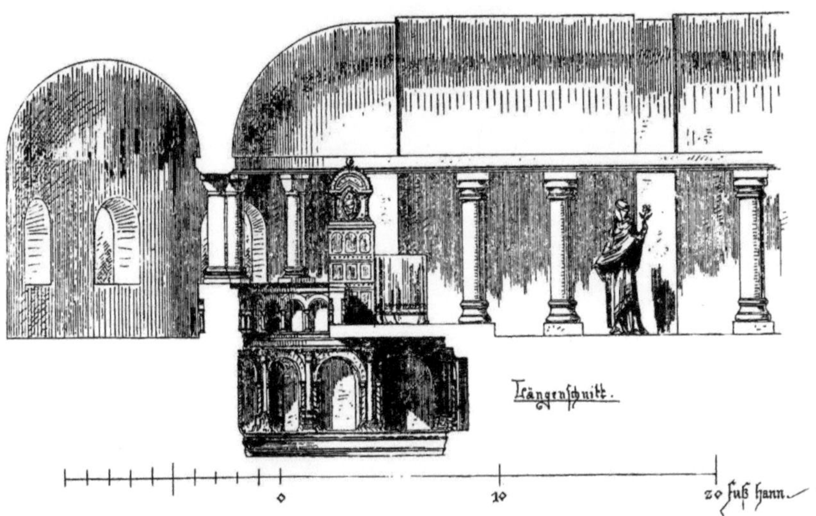

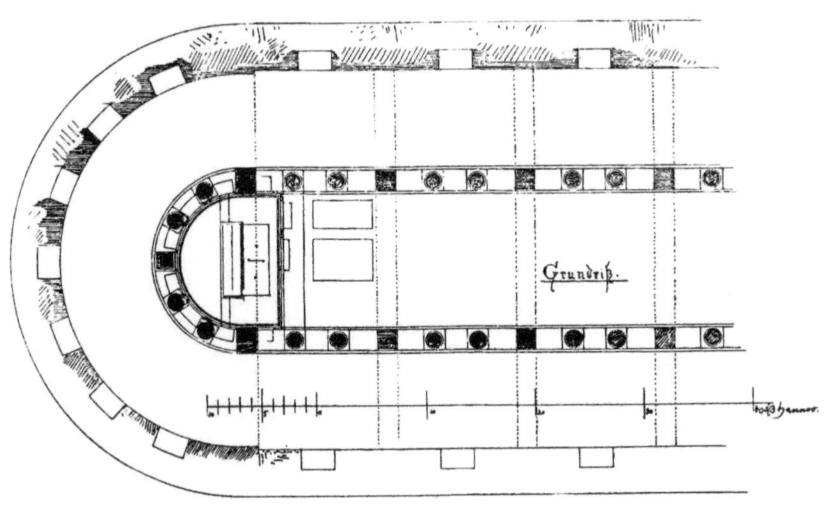

Lichtdruck-Anstalt von Anbel & Kaiser, Landenhöhe, 8 b Köln a Rh.

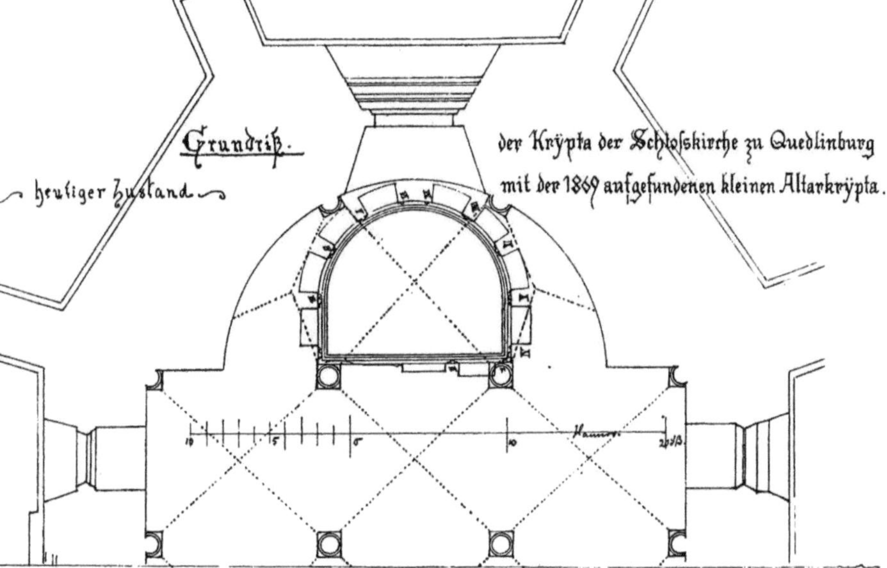
Grundriß.
der Krypta der Schloßkirche zu Quedlinburg
mit der 1869 aufgefundenen kleinen Altarkrypta.
heutiger Zustand.

Inschrift aus der St. Wiperti-Kirche. Facsimile in ⅔ der natürl. Größe.

Längenschnitt
heutiger
Zustand.
kleinen Altarkrypta.

1.

CTVS·EST·DIES·
HOMO·VANITATI·SIMILIS·FA
EIVS·SICVT·VMBRA·PRETEREVNT·
VIIII·Kł·FEB·HATHELEHABBN

2.

SVMETOMA
HOMO·NON·INTERIGRIT
NET·DESCENDET·CVM·EO·GLÆ·EIVS·QVAB·XI·ABBA
CVM·INTERIGRIT
III·IDVS·VL·BEATR

Autoldruck Anstalt von Aubel & Kaiser Lindenhöhe 38 b Köln 116

5

...SCAT · ✠ HS✠C · AG
NETIS · TENAT · LOCA · CERTA · QVIE
PHORE SCAT · I · PACE · DIV · REQVIESCAT

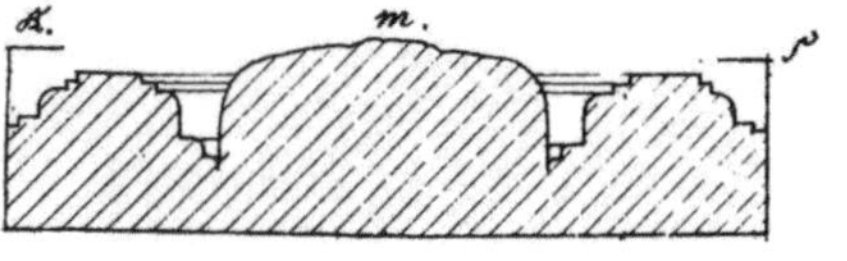

6.

VAGA SPERNE ·
☩ QVI · TRANSIS · CERNE · QVID · ERA · QVID · SIT
QVE · LEVIS · SIC · TRANSSIT GLORIA QVE VIS ☩
☩ OR VNDI · NAM

7.
OLORVM ✠ HIC SIT AC

8.
✠ anno ✠ dni ✠ ꝯc ✠ cccc ✠ lviii
0,90

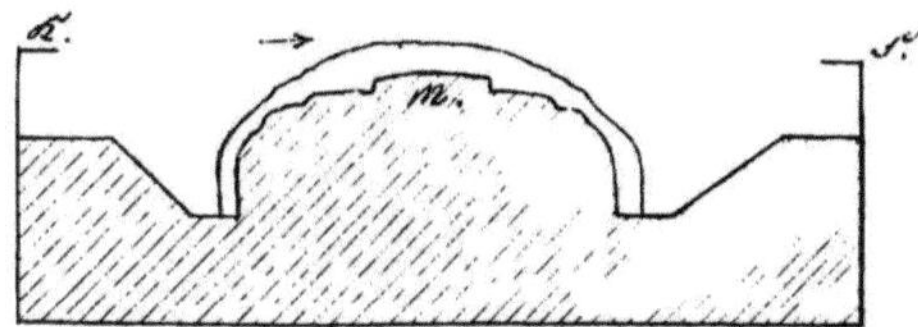

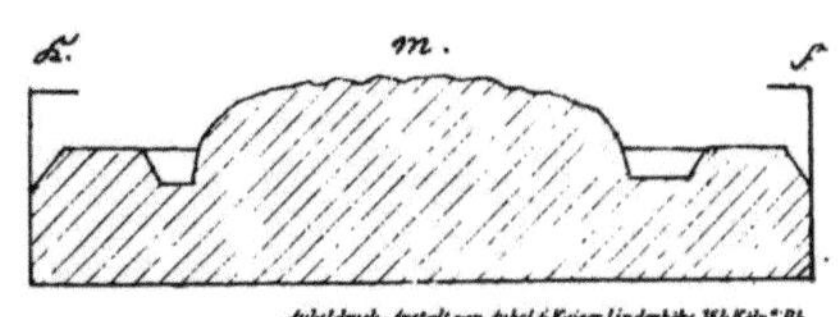

Lichtdruck Anstalt von Hubel & Kaiser Lindenhöhe No b Köln a Rh.

Lichtdruck-Anstalt v. m. Arbel & Kaiser Lindenhöhe 1881 Köln a/Rh.

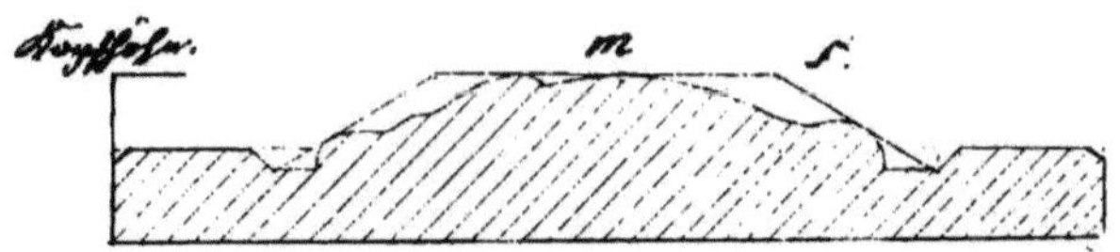

Autotypie-Anstalt von Aubel & Kaiser, Lindenhöhe 35b Köln a. Rh.